# 86

## —不存在的戰區—

Rest well.
Prepare for the next war.

[作者]
**安里アサト**

[插畫]
**しらび**

[機械設計] I-IV

EIGHTY SIX Ep.7

— Mist —

ASATO ASATO PRESENTS

The number is the land
which isn't
admitted in the country.
And they're also boys and
girls from the land.

Kadokawa Fantastic Novels

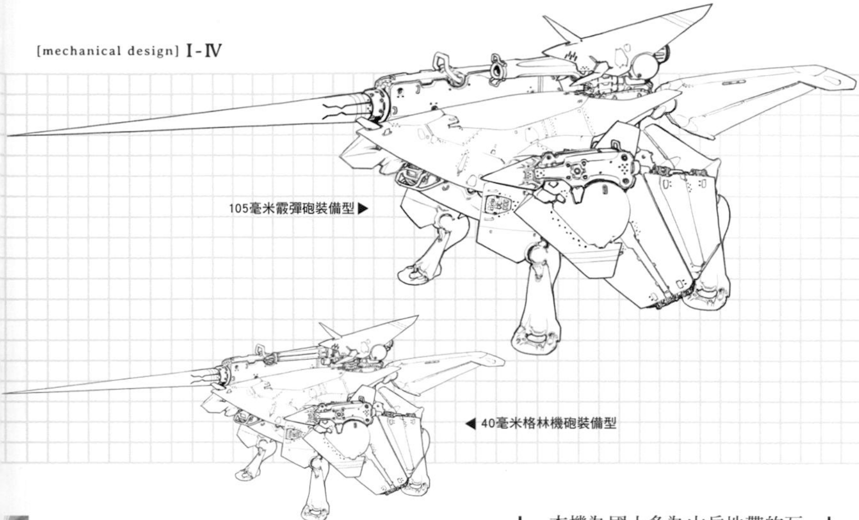


## 瓦爾特盟約同盟・主力機甲
# 「貓頭龍」

**【SPEC】**

〔製造廠〕亞森第三兵工廠
〔全長〕4.5m／總高度3.5m（不含換裝裝備）
〔固定武裝〕
背部砲塔：有105毫米霰彈砲、40毫米格林機砲可供選擇
肩部掛架：高周波騎槍×1＆鋼索鉤爪×1
或鋼索鉤爪×2
〔特殊武裝〕胴部掛架：滑翔翼一對

本機為國土多為山岳地帶的瓦爾特盟約同盟，以本國領土防衛為目標急進開發而成的最佳化機體。由於運用了滑翔翼，因此擅長活用地形的機動戰鬥。基於此種設計理念，機體經過輕量化與輕裝甲化。不過為提升人數稀少的駕駛員之生存率，駕駛員搭乘本機時必須裝備同樣受聯邦步兵隊使用的「裝甲強化外骨骼（Armored skeleton）」。

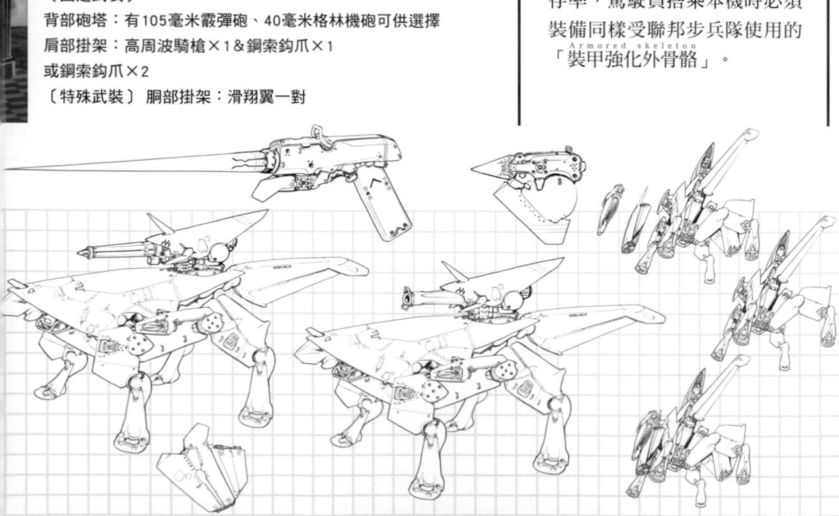

他們已是英雄。

芙蕾德利嘉·羅森菲爾特《戰場追憶》

# 序章　戰場之霧

人們說，這裡是爬龍的巢穴。

說的是大靈峰伍爾斯特山，加上以它為中心的山脈群。這些山脈以高可摩天的標高，以及鋸齒般的斷崖絕壁連綿不絕的崇山峻嶺，將大陸分割成南部與中北部，是貿易路線上的要害之處。

鋸斷藍天的銳利鋒刃以終年積雪為冠，彷彿細柱集聚而成的柱狀節理絕壁，除了當地居民之外，僅有少數獂羊、虎頭海鵰與斑貓及野狼徘徊其上。

此種險峻地形，正是這山岳國度勝過一切的天然要害。

『——鷹眼七號呼叫碉堡各員，第二波接近中。』

從坐鎮山頂附近的搜敵基地傳來的搜敵情報透過有線電路傳遍防禦陣地的每個角落。

『敵方兵種已確認——那些近距獵兵型（野狼）又來討打了。設下陷阱，從側面解決它們。』

『收到。』

鐵青色的雪崩向上逆流。

從受「它們」箝制已久的山麓前往至今仍不准他人涉足的山頂。

近距獵兵型（Grauwolf）的大軍以尖銳的腳尖抓住岩石表面，用少許的隆起處作為立足點疾走。

縱然強大如戰車型（Löwe）也無法攀登角度陡急的斷崖絕壁，重戰車型（Dinosauria）更是如此。況且以平地為主要戰場的戰車在俯仰角上會大幅受限。而基於同樣的理由，砲塔上方的裝甲總是做得較薄——一般的裝甲兵器都不擅長往高處進攻的戰鬥。

因此在這條戰線上，由擁有極輕重量與超高機動性的近距獵兵型擔任「軍團」的主力。

首先迎擊此一大軍的，有斜坡本身的陡急角度，以及設置於其上各處的龍牙椿（Dragon's teeth）。先削減它們引以為傲的突擊速度，接著以尖端朝向斜下方的鐵拒馬加以纏縛封鎖，每回戰鬥都由工兵們重新鋪設的地雷區藉著對準下方的絕妙指向性散播鋼珠。

絆住敵機腳步後，再毫不留情地從碉堡進行重機槍與機砲掃射。子彈將內部機構連同薄弱裝甲一併咬破，引爆背部的火箭彈發射器令機體當場癱瘓。

即使如此，自律機械仍不知恐懼為何物，毫不停止前進的腳步。

面對當頭澆下的槍林彈雨，它們卻視若無物，繼續往上衝。它們無動於衷地踏過或踩爛僚機的屍體，一路衝殺而來。

不愧是憑藉著不合常理的高性能橫掃人類的「軍團」，近距獵兵型對區區人類而言同樣無啻於一種威脅。它們擁有別說人類，恐怕連人類軍的所有多腳裝甲（機甲）兵器都望塵莫及的機動性，還有連戰車正面裝甲都能切開的高周波刀，以及背部的六管反戰車飛彈。

然而對「軍團」而言終究無異於自走地雷或斥候型（Ameise），只是相當於步兵戰力的「小兵」罷了。要替換多少架都行，所以不管用壞多少都不會造成嚴重損失。

「該死……」

最前列的碉堡終於被敵軍攻破。

倖存的機械化步兵抱著重機槍或機砲，跌跌撞撞地向外逃離大群近距獵兵型的毒手——機械化步兵這個詞彙過去意味著搭乘車輛的步兵，但在這塊土地上則是一如字面上的機械化，是進行神經接續以提升操縱性的強化外骨骼（Exa skeleton）裝備士兵的總稱。在這人口稀少，士兵比什麼都來得寶貴的山地國家，所有步兵都得到了強化外骨骼的裝備。

這就是位於大陸中南部的山岳軍事國家——瓦爾特盟約同盟。在這頌揚獨立不羈作為國事的國家，全體國民皆為護國之劍，岩山與斷崖所構成的國土本身就是要塞。

「第三大隊呼叫鷹眼七號！暫時放棄第三陣地，退守後方。」

『收到，第三大隊——後續的事……』

『——就交給我們吧。』

黑影降臨。

從機械化步兵鎮守著的，照臨他們戰鬥的伍爾斯特山坐陣的南方，飛越士兵們的頭頂，以盟約同盟山羊徽章盛飾機身的多腳裝甲兵器接連降落地表。

它們有著宛若野獸的四腳機關，以及一如長尾的穩定器。相當於野獸背部的位置配備有短管主砲，肩頭伸出獠牙般的鋼索鉤爪。

這些機體將裝甲妝點成融入森林幽暗的野狼焦茶色，讓一對光學感應器閃爍著肉食動物雙眸的金色。最具特色的是在略屬大型的機師座艙左右，有著一雙逐漸摺疊起來的，令人聯想到傳說中獅鷲的金屬骨骼製「翅膀」。

「Ｍｋ６『貓頭龍』——你們來了啊，機甲部隊。」

『當然了，同胞。你們先重整態勢……我們把碉堡搶回來。』

轉瞬間，「貓頭龍」面對直取上方而來的大群近距獵兵型，展開猛烈突擊。部隊以快如墜崖的速度，沿著近乎垂直的陡峭角度一路下衝。它們像山貓一樣用四條腿抓住少許立足處，再不夠就用上摺疊於胴體部位的輔助腳，眨眼間與敵軍錯身而過。

砲聲隆然。

遭受到極近距離內的機砲掃射或被霰彈圍剿，近距獵兵型炸成碎塊——專為以近距離戰鬥為主的山岳戰場設計的「貓頭龍」配備了行動自如且因重量較輕而能快速旋轉的短管砲。

縱然厲害如近距獵兵型，在這必須違反重力攀登山壁的戰場上，也無法保持平地等級的速度與敏捷性。畢竟原本就是裝甲較薄的兵種，軍隊逐漸從內側分崩離析，恰如撐開繃緊的薄絹被白刃捅入割破。

尤其是其中一架身先士卒，繪有交叉鳥銃識別標誌的「貓頭龍」格外出色。

與步兵相同，為了以不足的機體數展開有效率的機動防禦，盟約同盟的機甲具備移動輔助用的滑翔翼。此種裝備讓機體從山頂附近的機甲基地御風滑翔以爭取移動距離，讓部隊能用比行於地面更快的速度到達最前線。

當然，盟約同盟也一樣被「軍團」奪走了制空權，然而緊貼地面滑翔的「貓頭龍（Eintagsfliege）」不易被對空砲兵型（Stachelschwein）的對空雷達捕捉。又因為它們不具有推進用的噴射引擎，因此也不會遭到阻電擾亂型妨礙。

而鳥銃標誌的「貓頭龍」還將這種滑翔翼用來戰鬥。

此種機翼至多只能滑翔，自身並不具有推進力，在戰鬥中派不上用場。然而這架「貓頭龍」卻將一雙翅膀時而摺疊，時而展開，在一瞬之間扶搖直上後又緊急煞車，幫助轉換方向，自在疾走如虎頭海鵰之翱翔。而且時機精確到彷彿能「看見」風起的瞬間與風向。

後方——如今位於遙遠頭頂上方的碉堡傳來通訊——收復成功。緊接著司令部也傳來後退的指示。盟約同盟不能失去任何寶貴的士兵或機甲兵器，無法跋扈地窮追不捨。

「『安娜瑪利亞』收到——呼叫各機，停止戰鬥，準備回基地了。」

鳥銃標誌的「貓頭龍」駕駛員先一口氣回應兩邊訊息，並向部下做過指示後才輕呼一口氣。每次總是不能盡興而歸。

機甲的駕駛艙無論在哪一國都很狹窄，但「貓頭龍」的座艙更是狹小擁擠。艙內連一面光學螢幕也沒有，強化外骨骼內部的頭戴顯示裝置與視網膜投影取代了它。裝甲強化外骨骼及兼為減震器的固定零件則占據了大半空間——為了同時減輕機體重量與保護駕駛員，並抵抗強烈的加速度與衝擊力，盟約同盟的駕駛員搭乘機甲時必須穿上裝甲強化外骨骼。

遲了好一段時間才追上來的僚機部下，透過通訊說：

『上尉的操縱技術依然一樣精湛。』

「只要練熟了誰都辦得到，軍士長。」

『聽聽，這位英雄公主（安娜瑪利亞）講話真是難懂。』

『戰鬥星人又接收到故鄉星球的電波嘍。』

一名部下加入攪和，通訊的另一頭響起一陣笑聲。

『聽說您要藉著這次作戰的機會，調動到外地……下個任地似乎是聯邦呢，就是那個……』

「對。」

即使遭到祖國遺棄，生而為人的名字或權利都被剝奪，卻仍在絕命戰場上戰鬥到底。

那支精銳部隊於敵境的遙遠最深處擊毀「軍團」的王牌巨砲——電磁加速砲型（Morpho），攻陷共和國北區的「軍團」生產據點，並深入聯合王國的龍骸山脈攻陷龍牙大山據點；最終甚至捕獲了那些臭鐵罐擁戴的女王。他們是聯邦的利劍，是目前甘於讓人豢養的一群戰鬥狂。

在戰場上長大，在戰火中淬煉，受到戰禍琢磨的——只知道戰鬥的一群怪物。

……就跟自己一樣。

「第八六機動打擊群——就是那令人生畏的，八六們的部隊。」

# EIGHTY SIX

The number is the land which isn't
admitted in the country.
And they're also boys and girls
from the land.

ASATO ASATO PRESENTS
[作者]安里アサト

ILLUSTRATION／SHIRABII
[插畫]しらび

MECHANICALDESIGN／I-IV
[機械設定]I-Ⅳ

Kadokawa Fantastic Novels

# 86

## —不存在的戰區—

Rest well.
Prepare for the next war.

[ Ep. 7 ]

— Mist —

CHARACTERS

## 齊亞德聯邦軍
# 「第86獨立機動打擊群」

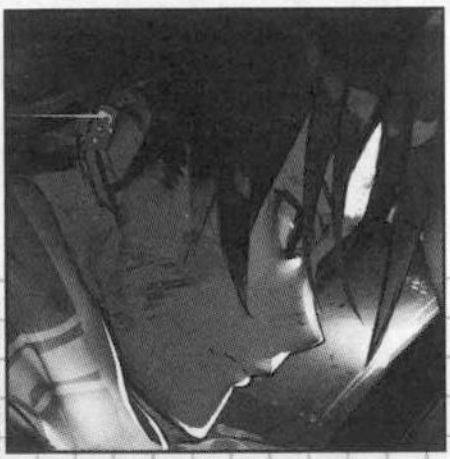

### 辛

被聖瑪格諾利亞共和國蓋上代表非人——「八六」烙印的少年。擁有能聽見軍團「聲音」的異能，以及卓越的操縱技術。擔任新設立的「第86獨立機動打擊群」總戰隊長。

### 蕾娜

曾與辛等「八六」一同抗戰到底的少女指揮管制官。奇蹟般地與奔赴死地的辛等人重逢後，於齊亞德聯邦軍出任作戰總指揮官，再次與他們共同征戰。

### 芙蕾德利嘉

開發「軍團」的舊齊亞德帝國之遺孤。與辛等人一同對抗過往昔的家臣，同時也有如親哥哥的齊利亞。在「第86獨立機動打擊群」擔任蕾娜的管制助理。

### 萊登

與辛一同逃至聯邦的「八六」少年。跟辛有著不解之緣，一直以來都在幫助因為「異能」而容易遭受排擠的辛。

### 可蕾娜

「八六」少女，狙擊本領出類拔萃。對辛懷有淡淡的好感，最後究竟會——？

### 賽歐

「八六」少年。個性淡漠，嘴巴有點毒，而且愛挖苦人。擅長運用鋼索進行機動戰鬥。

### 安琪

「八六」少女。個性文靜端莊，但戰鬥時會表現出偏激的一面。擅長使用飛彈進行大範圍壓制。

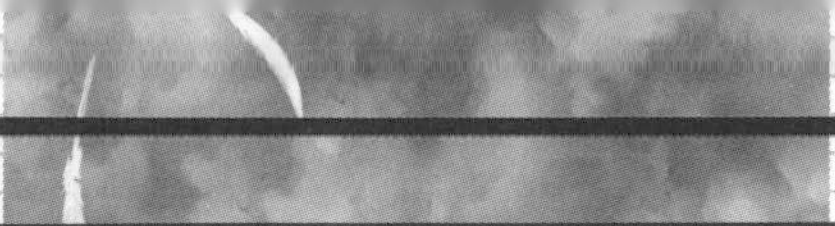

## 葛蕾蒂

聯邦軍上校，能理解辛等人的心情，後來擔任「第86獨立機動打擊群」旅團長。同時也是新型機甲「女武神」的開發者。

## 班諾德

辛等人在聯邦軍的部下，是個老練的傭兵。敬重年紀尚輕的辛為指揮官，在新設部隊受命帶領一個戰隊，以支援辛等人的戰鬥。

## 阿涅塔

蕾娜的摯友，擔任「知覺同步」系統的研究主任，和過去同住在共和國第一區的辛是兒時玩伴。與蕾娜一同被派往聯邦軍後，也與他重逢了。

## 馬塞爾

聯邦軍人，原為機甲駕駛員，在過去的戰鬥中負傷造成後遺症，於是改以輔佐蕾娜指揮的管制官身分從軍。

## 西汀

「八六」之一，在辛等人離去後成為蕾娜的部下。現與新設「第86機動打擊群」會合，率領蕾娜的直衛部隊。

## 達斯汀

共和國學生，曾於共和國崩壞之前發表演說，譴責國家對待「八六」的方式；在得到聯邦救援後志願從軍。隸屬於安琪的小隊。

## 維克

羅亞·葛雷基亞聯合王國第五王子，該王室的異能者，也是當代的先天異才保有者「紫晶」，開發了人型控制裝置「西琳」支撐聯合王國的戰線。

## 瑞圖

在共和國崩壞時存活下來的「八六」少年，後與「第86機動打擊群」會合。出身於過去辛隸屬的部隊。

## 蕾爾赫

維克親手塑造的半自律兵器控制裝置「西琳」一號機，採用了維克青梅竹馬的腦組織。講話方式相當奇特。

## 維蘭

齊亞德聯邦軍，西方方面軍參謀長。是個狡猾多詐的男子，但也以自身方式關懷辛等年少軍人。與葛蕾蒂似乎有一段過去……

EIGHTY
SIX

# 登 場 人 物 介 紹

The number is the land which isn't admitted in the country. And they're also boys and girls from the land.

# 第一章　霧霾之藍

室內的電燈全數關閉，在僅有從大窗戶溜進室內的陽光帶來光源的幽暗空間，香菸的白煙淡淡搖曳。

「——眼下懸而未解的問題是……」

夏日正午的日光耀眼而強烈，窗外太過明亮，一切景物全在亮白地閃動。儘管不比聯合王國，夏季在這位於大陸北方的齊亞德聯邦也算是相當短暫。

就像竭盡全力謳歌生命那樣，這是個百花齊放的季節。無論在街上還是野外，甚至在這西部戰線的戰場上，各種花草無不是鮮明亮麗，爭妍鬥豔；而綠意濃鬱到幾近黛黑的草木則將枝葉伸向這個時期特有的，宛如整個天球大放光輝的碧藍蒼穹。

在窗外夏日豔陽與室內黑暗形成的強烈對比中，一名幾乎只能看見輪廓，以黑眼罩遮住一眼的獨眼將官說道。此人身穿鐵灰色軍服，動表在左胸一字排開，有著舊帝國貴族階級特有的——夜黑種純血的漆黑頭髮與眼睛。此人正是齊亞德聯邦西方方面軍第一七七機甲師團師團長，理查·亞納少將。

在幾個人影輪廓的圍繞下，左胸至今仍配戴著空軍徽章，一條腿為義肢的少將呼出一口煙霧後回答。粗獷的指尖在磨亮成焦糖色的木片拼花桌上「咚」一聲地把菸灰輕輕敲落在精美的銀菸灰缸裡。

「第八六機動打擊群，第一機甲群……那個鮮血女王，以及無頭死神率領的部隊。」

「他們不必要的經驗累積得略嫌多了點。或者該說，看了太多不用看的東西。」

聽到理查少將沉鬱地如此斷定，在場的多個人影紛紛點頭。每一個都是身穿聯邦軍軍服，讓將官襟章閃耀著暗沉光澤的——西方方面軍的將軍。

在彷彿躲避夏日炫目陽光的黑暗中，將官們繼續進行密談。

「必須盡快解決此事。」

「不幸中的大幸是『軍團』的攻勢如今正好轉趨平靜，看來似乎是在重新編組部隊。不如趁現在……」

「看來那些殺戮機器本領再大，兩座生產據點遭到搗毀，又有一架指揮官機被擄獲，也無法無動於衷哪。」

「真是天助我也，這下多得是時間可以用來解決此事了。」

第八六獨立機動打擊群——以一群八六少年兵為核心的游擊戰力。

他們立下的戰果超乎期待。部隊成立至今才三個月，已搗毀了兩座「軍團」的據點。他們揭示了「牧羊犬（Zentaur）」與高機動型（Phoenix）的存在，發現並擄獲原本只推測出存在但未曾成功觀測的電磁彈射機型，又在龍牙大山據點回收了自動工廠型（Weisel）與發電機型（Admiral）內部的光學影像，以及部分「軍團」的零件樣本。他們在同個作戰中解救聯合王國脫離困境，最後甚至成功擄獲了「軍團」的一架指揮官機。

豈止西方方面軍，即使與聯合王國或盟約同盟等同盟國的任何部隊相比，都無人能夠並駕齊驅，厥功甚偉。

但是——……

一個人影苦澀而不滿地說：

「『無情女王』——那個疑似為瑟琳．比爾肯鮑姆的指揮官機……逮到它的也是那個死神，是吧。『這真是令人困擾』。」

「在這個時代分明就不需要什麼英雄。」

「能夠替換的零件，這才是兵士該有的模樣——建立在一名英雄身上的軍隊，不該存在於這世上。」

「……這有什麼。」

在交頭接耳的群影中，至今默不作聲的西方方面軍參謀——維蘭．埃倫弗里德准將開口了。

「我已經做好對策了，想必再過不久，報告就會送來。」

「哼。」理查少將用鼻子哼了一聲。

「你手腳還是一樣快呢，維蘭……看來埃倫弗里德的劊子手外號並非浪得虛名。」

維蘭參謀長面露苦笑。

即使是這麼個苦笑都帶有一絲寒涼，彷彿精心磨礪的軍刀。

「您過獎了，少將，我只不過是公事公辦罷了。給比較麻煩一點的文件簽個名，丟進發文盤，就這樣。」

他動作略為誇張地聳肩。沒拿香菸的另一隻手上的東西恐怕就是關於那項「對策」的資料了。可能是認為已經不需要了，他那一旁候命的副官無聲無息地走上前來，理所當然地接下遞出來的那份文件，然後返回原位。

維蘭參謀長隨時帶在身邊的副官原本出身於代代侍奉他出生家庭的管家家族。在主人有所需求之前如影侍立，不用主人開口就能為主人代勞，完成職責後再變回影子。這個年紀尚輕的副官自幼就受到這種訓練，向來遵循此一職業精神，此時一樣是沒有一句廢話，就返回前一刻侍立的位置繼續候命。

對於他這乾淨俐落的做事能力，身為主人的參謀長或將官們都不給一句稱讚。對於在齊亞德聯邦成立之前曾是帝國大貴族的將官們而言，佣人本來就該是個影子。而對副官而言，除了每日職務結束時獲得主人慰勞之外，其他時候都不該讓主人開口。因為那就表示本該匿跡隱形的影子竟引起了注意而讓人出言慰勞。

所以替主人效力後，即使將官們好像把副官的存在忘得一乾二淨般繼續剛才的談話，他也不會有半點不滿。他在工作時間內總維持著人偶般的面無表情，佇立時連呼吸都控制在最小限度。

只是……

那雙黑瞳視線朝下，稍微瞄了一眼剛從參謀長手中接過的「資料」。

由於在長達十年的「軍團」戰爭之下，這份「資料」沒有任何必要也沒辦法做更新，因此封面有些陳舊。在這位於西方方面軍司令部基地僅限將官聚集的奢華房間，香菸煙霧繚繞的幽暗空間與這浮誇且色彩有些輕薄的裝飾文字實在不太相襯。

《瓦爾特盟約同盟 觀光手冊》。

副官視線朝下看著手冊心想：說穿了……

明明就只是因為那些命運乖舛的少年兵在共和國作戰時看了一整間倉庫的骷髏死屍，又在聯合王國親眼目睹填滿斷崖的友軍機體殘骸，接連看到了太多悽慘景象，所以要送他們前往避暑勝地當成慰軍旅行罷了。

雖說現在是抽菸休息的時間，但參謀長閣下與各位將官扮演強大的邪惡幹部也未免玩得太起勁了。

†

「I～can～」

踢踹白石地板，尚在發育期因而線條纖細，但描繪出水嫩豐腴曲線的肢體在空中躍動。這個年紀的少女特有的肌理細緻、晶瑩剔透的肌膚閃閃發光，看得出少許日曬的痕跡。

「Fl～～～～y！」

可蕾娜心情興奮到發出徹底拋開平時自我的歡呼聲，霍然跳進緩緩起伏的水面。「噗通——！」巨大的水聲與水柱跟著掀起。

彷彿將森林香氣溶入牛奶，帶有一絲翠綠的乳白色熱水雖然幾乎看不到底，不過深度足夠讓人跳水而不用擔心受傷。先是整顆落栗色的腦袋沉入水裡，接著啪唰一聲，可蕾娜噴濺著熱水從水面露出臉來。

她就這樣張開手腳，輕飄飄地浮在水面上。

「呼哇啊啊啊啊……好溫暖喔～……」

不巧正好待在落水地點附近，逃跑不及而被跳水掀起的大浪潑個滿頭的芙蕾德利嘉可愛地橫眉豎目。

「可蕾娜！這樣太沒教養啦，又不是小娃兒了！」

「沒辦法啊，我是第一次看到這麼大的浴室嘛……」

浴室。沒錯，就是浴室。只是豈止浴室，連說成大浴場都不足以形容這開闊且奢侈的空間。

聽說這裡原本是上古時期建設的皇帝別墅(villa)浴場。這幢橢圓形的圓頂天花板建築，寬廣到可以容納整個田徑賽場。古老但經過細心打磨的大理石鋪滿整片地板，以不同顏色的石材精巧組合成工緻的幾何圖案。長方形浴池以挖掘地面的方式設置，一樣寬廣巨大到可與競賽用泳池相比擬。

其廣大的牆面也同樣貼著大理石石板，據說半透明地蕩漾的熱水浴池底下竟沒有一條接縫。巨大到令人不敢置信的整塊大理石構成了這廣大浴池的底部。在除了人類雙手之外頂多只有馬匹可用的時代，究竟是如何將這麼大一塊石板搬運到這峭峻高山上，據說至今仍然無解。

浴池中央放置著以大理石底座與皇帝雕像為首的眾多石像，恰好將浴池一分為二，另有古代列柱圍繞浴池兩圈。列柱之間配置著多尊手捧花籃的仙女(寧芙)雕像，籃子裡插滿了豔麗紛繁的花花草草。古色古香的薰衣草芬芳混雜在氤氳熱氣中高雅地飄散。

而最令人驚嘆的是屹立於浴池、列柱與熱氣另一頭的崇山峻嶺。

每一座高山都以萬年積雪為冠，身披針葉樹林的濃綠錦衣與銀白雲霧繚繞的羅裙。以女王之姿馴服這些宛如古老龍族般悠然連綿的山嶺，用美麗稜線切割耀眼蒼天的靈峰伍爾斯特山倩影隔著玻璃俯視這座即使內部已替換成最新設備，映入世人眼中的部分依然不失古代優雅與奢華，窮盡綺靡之能事的浴場。

這正是含煙籠霧的山岳之國，千年以來始終如一，悠久而不朽的莊嚴。

芙蕾德利嘉無奈地嘆氣。

「的確，來到這樣的地方，會忍不住興奮歡鬧也是人之常情。」

「就是啊……這已經不能說是浴室，而是溫水泳池了吧。」

安琪一邊說著，一邊用與可蕾娜形成對比，連一點水聲都沒發出的優雅舉止將身子滑入浴池。她一面小心不讓盤起的頭髮碰到水，一面伸直修長的手臂伸個懶腰。

「嗯——好舒服喔。雖然感覺有點不夠熱，不過如果要長時間泡澡的話，這個溫度正好。」

「這個水好像是溫泉喔。有這麼多熱水隨時從山中湧出，而且還說這些在古時候是專供皇帝一個人使用的，真是太驚人了呢……」

滿陽用雙手掬起半透明的熱水，感慨地說道。極東黑種血統濃厚的黑瞳一直愣愣地仰望刻有精緻浮雕的天頂。

「不知道這座浴池一次能讓多少人進來泡呢？……光是會這樣想就已經是庶民思維了呢。」

阿涅塔如此說道，背後靠著可能是用做止滑而同樣刻有爬藤玫瑰淺浮雕的浴池邊緣。

在環顧四周的白銀雙眸前方，多達幾十名少女有的泡澡，有的在沖澡區互相笑鬧。這些少女是最早配屬於第八六機動打擊群第一機甲群的一百多名八六當中，在戰場上存活下來的人。她們明明都待在用成群雕像一分為二的浴池右半邊，但無人空間卻遠比她們所在的地方來得寬敞。

人在附近的西汀撩起沖溼的紅髮聳聳肩。

「如果阿涅塔這個原本住在共和國第一區的千金小姐都算庶民了，那我們八六算什麼？」

「我現在已經無家可歸了好嗎？比起你們八六好歹還有前貴族或政府高官當監護人，我的身分地位搞不好還更卑微呢。」

無論是說話的西汀還是回話的阿涅塔，她們神態從容地講出來的話聽在有心人耳裡，恐怕都有諷刺挖苦的味道。一邊是受過迫害的八六，一邊是迫害過他們的白系種。兩者之間的隔閡在這機動打擊群當中已經減緩不少，在值勤時間外，開始有不少人像她們這樣以名字相稱。

話說回來……

阿涅塔轉過頭來，對著呆立在浴場入口的馬賽克磁磚拱門前，活像隻初生小鹿般簌簌發抖的人影說：

「蕾娜～不要一直呆站在那裡，快點放棄無謂的掙扎過來這邊啦——！」

被她這麼一說，蕾娜嚇得頓時縮起身子。她躲在佇立於列柱之間，一尊手捧茉莉花籃的大理石仙女像的背後。

「可、可是……」

宛如活生生少女的古代雕像，換言之大小與纖瘦程度都跟真正的少女差不多，以藏身之處來說不是很可靠。蕾娜勉強躲在它背後，侷促不安地原地踏步。因為……

「……我從來沒有在別人面前裸體過……」

無論是學校還是共和國軍方設施，蕾娜都是從自己家裡往返，從未體驗過宿舍生活。在聯邦或總部基地使用的浴室也都設置在她的個人房間裡，供她一人使用。

大規模攻勢之後接受共和國支援或是受派到其他基地時，雖也不是沒用過公共淋浴間，但那還是有做成某種程度的隔間。

蕾娜從沒在這種開放式的空間裸露過，而且還是當著好幾十個其他人的面。

然而，阿涅塔冷淡地嗤之以鼻。

蕾娜不知道在害什麼臊，侷促不安地磨蹭著兩條大腿，但她不知道這樣做有多煽情，阿涅塔真希望她能住手，不然就要開啟通往另一個世界的大門了。

「我也沒有好嗎？再說大家明明都有穿泳裝啊，又不是脫個精光，我是覺得妳沒必要這麼害臊啦。」

「是這樣沒錯，可是我沒想到會是在這種四面開放的地方……」

換言之。

寬敞開闊的浴池四面由古代列柱圍繞。列柱之外三百六十度盡是終年積雪的山峰峻嶺。

這座大浴場完全沒有東西可以遮蔽外界視線。

畢竟這裡原本是此地的君主——齊亞德皇帝的別墅浴場。

至尊至貴之人不會把侍從或百姓什麼的當人看。只不過是裸體被蟲蟻看到，自然沒有感到羞赧的必要。

然後如果又以景觀為第一優先的話，就會建成從外面也能將浴場內部一覽無遺的形式。

當然如果蓋成完全開放的話到了冬天會太冷，因此目前是鑲嵌了具有高度隔熱性的雙層玻璃代替牆壁。但玻璃特地選用了不易起霧的材質以免影響景觀，因此絲毫不具遮蔽目光的效果。雖說所謂的外界視線可是有著名符其實「隔一座山」的距離，但蕾娜心裡還是不太踏實。

「再說……那個，因為，離那麼近……」

「就說了，『所以』大家才必須穿泳裝啊。」

阿涅塔當場反駁之後……

忽然間，她邪門地笑了。

「嘴上喊著好難為情，卻穿著要小心機的泳裝啊？是不是上次我們一起去買的那件？」

「啊！阿涅塔……！」

阿涅塔只是一直邪邪地竊笑。

「難得有這機會，妳就去秀給他看嘛。就像妳說的啊，他就在旁邊呢。」

「阿涅塔！」

被挖苦了一番，蕾娜紅通通的臉頰更紅了。

她穿著全新的比基尼泳裝，顏色是清純的百合白，然而在背後與兩側腰際打結的款式卻與顏色形成反差，給人較成熟的印象。

葛蕾蒂跟大家提起旅行的事時，要求大家先準備好在浴場必須穿著的泳裝，於是蕾娜就跟阿涅塔、安琪、可蕾娜還有西汀等人趁放假一起去買了這件泳裝。大家有說有笑地比較各種款式，煩惱了好久。那段時間雖然很開心，但最令她期待的還是旅行時拿出來穿的時候。為此她選購了一件覺得最適合的泳裝，就是為了這一天。

可是，話雖如此……

她並沒有特別耍小心機。至少她自己這麼覺得。

真要說的話，阿涅塔自己明明也穿著煩惱了老半天才買的，能映襯天生雪肌與銀髮的亮橘色比基尼。

在她後面輕飄飄地漂浮的可蕾娜是鮮豔翡翠綠的無肩帶比基尼，腰際兩側的還好，胸前的緞帶裝飾幾乎快淹沒在雄偉雙峰之間。

安琪的淺水藍色泳裝是徹底從脖子包覆到胸部下方的少見款式，但也因此而清晰凸顯了形狀姣好的胸部；芙蕾德利嘉身穿滿是皺褶的夜色比基尼，像個小大人似的非常可愛。

滿陽穿的單肩不對稱比基尼是充滿東方情調的紅金雙色，據說這色調源自她的出身，象牙色的肌膚與泳裝形成鮮明對比；西汀敢露敢秀地穿起布料面積極少的黑色比基尼，毫不吝惜地展現經過日曬的肌膚與冠絕現場所有女孩的豐滿雙峰。

沒錯，所以並不是只有蕾娜穿得特別性感撩人。

泳裝本來就會展露出雙臂、雙腿等身體曲線。況且既然要泡溫泉，當然會挑選肌膚暴露較多的款式。

蕾娜完全沒想到假如被「他」看到的話，他會怎麼想之類的問題。

更別說想穿給他看。

……她才沒有想那麼多。

好。

蕾娜點個頭，鼓起一點幹勁邁步向前……

「呀……！」

然後因為只顧著鼓舞自己走路完全沒看路，一腳踩在故意做成顯眼色彩以免有人踩到摔倒的柑橘黃色肥皂上，滑了一跤。

『天啊，蕾娜！妳還好嗎！』

『痛、痛死我了……』

『啊，等等等等等蕾娜！不可以站起來，鬆掉了，上半身綁帶鬆掉了！』

『咦！討、討厭……！綁帶，綁帶在哪裡……！』

『……女王陛下，妳身體太僵硬了吧，竟然連背後的綁帶都綁不到。』

『啊——好了啦，妳等等，我幫妳綁就是了。真是——』

「…………………………………該怎麼說呢……」

從皇帝雕像的後方傳來的……應該說絲毫沒有竊竊私語的打算，聽得一清二楚的女生尖叫，讓賽歐一面厭煩地嘆氣一面說道。

他被好大一聲「啪唰」的水聲吸引了注意，但拚命不讓心思寫在臉上。

「在第八十六區說習慣是習慣了，老實說跟可蕾娜她們也早就沒在顧慮了，可是現在這樣未免也太尷尬了吧，她們就不能稍微放低音量或斟酌一下說話內容嗎……」

「看不見並不代表我們不存在好嗎……」

一直仰望著天花板的萊登也顯得有些吃不消。瑞圖明明才剛泡進澡池沒多久就已經滿臉通紅，達斯汀一手摀住眼睛振作不起來，馬塞爾索性自暴自棄，小聲唱聯邦軍歌唱個沒停。

看他們人在這裡就知道，這座大浴場……

是「男女混浴」。

這些彷彿將浴池分成兩半的雕像其實也不是隔牆，就只是裝飾罷了。只要繞過去就能輕鬆抵達女生那一邊，光是站起來就能從雕像之間的縫隙一窺對面的情況。真要說起來，設置於列柱之間的沖澡區根本是共用的。

順帶一提，包括聯邦或擁有這座浴場的飯店在內，大陸西部文化圈的大浴場大多採用穿著泳裝或浴袍的混浴形式。

本來應該是這樣的，但不知怎地男女自然而然地就各據一方，女生到皇帝雕像的右側，男生則都聚集在左側。

在第八十六區由於少女兵的生存率遠低於少年兵，在場的男女算起來，也是男生比女生多出將近一倍。即使如此，由於好像能讓整架轟炸機泡進去的大浴池有一半空間供他們使用，因此沒有人覺得狹窄擁擠。

只不過是因為這些年輕男生全都一臉難以言喻的表情陷入沉默，氣氛才會變得這麼奇怪。除了尤德即使面臨這種情況依然面無表情到讓人猜不透心思之外，就連面對大多數狀況都能保持鎮靜的辛，以及天生發言不看場合的維克都悶不吭聲。

整體來說呈現一種令人坐立不安，尷尬至極的氣氛。

「我是來執行任務順便泡澡所以也就算了，爾等應該是來休假的吧……但這氣氛實在讓人無法放鬆身心啊，受不了。」

「我看下次換個時間好了……」

最好別期望那些女生會願意換時間過來。

不過像蕾娜也許會毫無意義地想太多換時間，結果「又」跟辛撞上。

想到這裡……

忽然間，賽歐就像隻滿腦子壞主意的貓那樣咧嘴邪笑。

「辛，你還活著嗎？應該說，你現在在想什麼？」

「……別來煩我。」

在賽歐的視線前方，自從進來之後就一聲不吭的辛看也不看他一眼。

這座大浴場，浴場本身是混浴，不過換泳裝用的更衣室是獨立空間。

然後，由於大浴場是混浴，因此從更衣室進入浴場的出入口只有一個。

在那唯一的出入口，辛與蕾娜不知是出於何種巧合，竟然碰上了對方。

重複一遍，在這裡原則上必須穿泳裝。雙方並不是一絲不掛。

在第八十六區別說隊舍，連淋浴間的設計都沒顧慮到男女有別，長期在那種地方生活的八六無論是少年或少女，對異性裸體都養成了某種程度的抵抗力。至少賽歐是如此，辛也一樣。

但是，蕾娜不是八六。

而且她既沒有兄弟，父親也在她兒時去世，年紀相仿的友人又只有同性的阿涅塔，簡直是個黃花大閨女。

一瞬間蕾娜當場凍結，一時不知該作何反應的辛呆站原地。下個瞬間蕾娜面紅耳赤驚聲尖叫，一路逃到了浴場的牆角去。她那陣尖叫相當厲害，整棟廣大的浴場都聽得見。

蕾娜現在之所以完全進入羞答答模式，最根本的原因就是這件事。大概是因為周遭都是年紀相仿、身穿泳裝的異性，讓她清楚意識到自己也是與裸體無異的泳裝打扮吧。

辛也沒好到哪去，被蕾娜忽然滿臉通紅地尖叫逃走似乎讓他受到了一點打擊，從此以後就變得比平常更沉默。

不……他這種沉默，看來不只是因為受到打擊。

「是綁帶的嗎？」

「你很煩耶。」

辛即刻冷言駁斥。

看樣子他是不願想起來……或者是努力不去回想。換言之他在那一瞬間不小心看到太多，以至於必須自我克制才不會想起來。

「蕾娜意外地也滿大膽的呢。」

「不關我的事。」

「……很大嗎？」

「！……」

血紅雙眸霎時瞪向賽歐。

下個瞬間，他一把抓住來不及逃跑的賽歐的後腦杓，把他的頭狠狠砸向了水面。

在自然而然形成界線的皇帝雕像後方，辛他們不知怎地突然開始啪唰啪唰地大打大鬧起來。

『……噗哈！辛，剛才的確是我不對，但你也別二話不說就動手啊！』

『我手滑了。』

『這什麼唸台詞似的爛藉口啊！好歹也再掰得像樣點吧！』

『賽歐——不要太挖苦他了，這傢伙在那方面沸點很低的。』

『不，這麼有趣的事情，我倒希望爾等再鬧久一點。還有，可貴的犧牲有你一個人就夠了。』

『太過分了吧……！』

一群男生有的大吵大鬧，有的傻眼有的火上加油。

「……他們那邊也跟我們差不多嘛，不會鬧得有點太凶了嗎？」

「有、有精神應該算是好事吧……」

阿涅塔皺眉說著，身旁的蕾娜平安無事地重新裝好了「胸部裝甲」，把嘴巴沉進熱水裡說道。

辛他們的聲音都聽得這麼清楚，剛才那場騷動該不會也被聽見了吧？

如果是的話……蕾娜那麼不檢點的地方都被他聽到了。

好難為情。

夏娜看向她們兩人及碰巧待在她們中間的安琪，忽然像是注意到了什麼，微微偏了偏頭。

「噯。」

向前望去，從夏娜這邊看來，三人的排列順序為蕾娜、安琪與阿涅塔。

「妳們正好排成大中小耶。」

被她這麼一說，三人面面相覷。

既然說是大中小，指的自然不會是頭髮長度。身高的話她們當中最高䠷的是安琪，所以從排列順序來說也說不通。

換言之……

三人外加周圍聽見的少女們的視線一齊落向下方。

落向各自推開乳白色的熱水，受到色彩繽紛的布料包覆的柔軟雙峰。

眾人剎那間陷入沉默。

接著少女們發出嘩啦啦的水聲站起來，開始互比大小。

「啊，我是安琪以上蕾娜未滿——！」

「我應該是……阿涅塔以上夏娜未滿吧。」

「唔……不愧是西汀，大到沒人能比……！」

「喂，妳說誰小啊！我這好歹也算普通吧！」

「就是呀！如果阿涅塔算小，那我怎麼辦呢！」

「雖然早就知道比不過可蕾娜，但沒想到連蕾娜都比我大呢……討厭，本來以為不在乎的，結果還是有點不甘心。」

「這、這種的只會礙事啦！每次搖晃都很痛，尤其是戰鬥的時候最嚴重，到了夏天又很熱，而且重到肩膀都痠了！」

「且慢！為何余直接被擺到最旁邊啊，余不服氣！」

「當然是因為妳別說大中小，根本就一點都沒有啊，小不點。」

一群女生又笑又鬧地按照大小順序替換位置。

至於這樣做有什麼意義，就連她們自己也不知道。

「好啦，蕾娜妳站那邊。妳真的很大耶，超氣的～都是吃什麼養出來的啊？」

「討厭，不、不要推我……！這不重要，聽我說！」

蕾娜甩開背後想把她推到西汀與可蕾娜旁邊位置的處理終端少女，拚命說道。

她對著周圍愣愣地停下動作的少女們，握緊一雙纖纖玉手提出抗議：

「大家這樣未免太口無遮攔了！雖說這間飯店讓我們包下來了，可是那個……旁、旁邊……」

在無論是聲音或是站起來時的視線都擋不住的皇帝雕像後面……

辛就在那裡。

「男生就在旁邊耶！大家再莊重一點啦！」

「就是說啊！真的拜託妳們適可而止啦！」

賽歐忍不住大聲吼叫，只可惜蕾娜以外的女生沒有一個在聽。正確來說是沒打算聽進去。女生特有的清澈高亢的笑聲開懷放縱地在高聳的天花板底下迴盪。

豈止如此，竟然還有一個笨蛋爬上皇帝雕像露出臉來。

「你們這些傢伙還真敢講咧！明明就偷偷心裡暗爽等著眼睛吃冰淇淋！」

西汀面帶她平時那種鱷魚般的頂級燦笑，無意義地高高舉起一手。

而且還把男生們不願去聽……其實也不是不願意，只是基於禮貌不好意思刻意去聽，所以心裡拚命當作沒聽見女孩們的話題焦點，也不怕遭天譴，就這麼大搖大擺地擱在皇帝陛下的月桂冠上頭。

「喂喂，怎麼啦～都不來點喝采的啊？吹個口哨什麼的——哇！」

才剛這麼想，下個瞬間辛一言不發地擲出的臉盆漂亮命中她的額頭，無情地打斷她的鬼扯。

挨這一下讓西汀的雙手從皇帝雕像上滑落。噗通——好大的水聲響起。

看到這種快狠準的高超本領，萊登都傻眼了。肉眼辨識後即刻轉為攻擊行動的反應速度是很了不起，但更重要的是……

「……你真的只有對西汀下手特別狠耶。」

隔著皇帝雕像只能聽見夏娜冷漠的聲調這麼說：

『辛，不好意思，這種時候理會西汀只會讓她得寸進尺，你下次別理她。』

西汀好像還故意沉在水底，可以聽見她維持沉沒狀態咕嘟咕嘟地在主張些什麼。雖然理所當然地聽不見，但八成是在說「對啊，我要繼續得寸進尺！」之類的吧。

所有人都心想「拜託不要」。

「……是沒錯啦，的確是從很久之前，就邊看邊覺得有夠大啦……」

馬塞爾看著完全無關的方向喃喃說道。

因為西汀的那個已經大到不是現在穿泳裝才看得出來，而是平時穿軍服或機甲戰鬥服（Panzer jacke）都看得一清二楚。

話說回來，即使範圍有限，但穿著防刃、防彈、不易燃式樣兼具抗G性能，換言之相對地比較堅硬厚實的機甲戰鬥服竟然還那麼明顯，她胸部也太大了吧？

大概是想著想著有某些部分熱血起來了，馬塞爾手握拳頭極力強調：

「因為大胸部就是一種浪漫啊，不是嗎！例如女神像！哪一尊！不是都把胸部做得很大！」

「這點我無法苟同。恰好能收在掌心裡的大小才是極品。」

「……咦，尤德你會跟這種話題？還有拜託至少講這種事的時候換個表情吧。」

「達斯汀……呃，算了，不用問也知道。諾贊你對這方面有什麼看法？既然有這機會，我想聽聽你的看法。」

「幹嘛這樣說我啊！」

「不是大就一定好。況且就算隔壁沒顧慮到我們，我認為這種話題也不便在她們身邊說。」

「辛，你才是該稍微顧慮一下人家吧。可蕾娜都被你擊沉了，我是說真的。」

萊登側眼看著躺著也中槍的可蕾娜啵啵地吐出一堆泡泡說道，辛雖露出自知失言的表情，但沒說什麼。

「哎，不過諾贊說得沒錯，這方面的話題確實應該留到入夜之後再聊。聽說這是過夜必聊的話題呢。」

「什麼——……你好歹也是王子殿下，竟然說期待半夜跟大家聊黃色話題……？」

瑞圖用一種好像夢想嚴重被破壞的絕望神情呻吟道，維克沒理他，但又有一個笨蛋跑出來。

她從待命的牆邊位置士氣昂揚地高舉一手，說：

「下官領命，殿下！只要殿下一句話，不才蕾爾赫立刻去蒐集話題所需的題材……哇！」

維克在熱水裡唰啪唰啪地撥水前進，去撿方才打中西汀之後彈開，掛在皇帝陛下英勇舉起的一隻手上的臉盆，然後一語不發地丟出去。該說不愧是尚武之國的王子殿下嗎？真是一記姿勢完美的剛猛速球。

「妳這七歲小孩給我閉嘴。還講的跟真的一樣，我看妳根本沒弄懂意思吧。」

「真……真是慚愧……」

蕾爾赫明明沒有痛覺不可能會感覺到痛，卻按住額頭蹲到地上；她穿著不符場合的平時那件軍服。

蕾爾赫不是人類而是人型的無人機零件，這方面的事八六們已經漸漸見怪不怪了。她只是擁有少女的相貌外形，內部卻是沿用機甲技術的機械構造。

雖說不是全然不具防水性，但還不到能泡溫泉的地步，因此她從剛才到現在都待在浴場一隅，用托盤端著備用毛巾、肥皂或加冰塊的壺裝冷飲聽候差遣。

……這不重要，不過……

少年們無意間想到，包括她在內的「西琳」們只看到臉孔，身體結構不知道是做成什麼樣子。

她們除了髮色與額頭的神經結晶之外，臉部構造栩栩如生，但如果連衣服裡面都跟活人女性無異的話，那還真有點……不，是相當……

可怕。

達斯汀露骨地換了個話題：

「該怎麼說呢？……我覺得反而是女性對這種話題特別開放……啊。」

咦，你那壺不開提那壺，還在這時候講這種話題？所有人都用這種眼光看達斯汀，嚇得他不敢再說什麼。

瑞圖小聲打圓場：

「呃呃……那個，她們事實上是真的常常講。尤其是我們不在的時候。」

「不如說其實她們整天都在講。像現在也是。」

「說什麼肌肉很性感，或是脖子很性感的……其實常常都聽得見。」

至於一直在偷聽這些男生說話的少女們則是頻頻點頭。

「對啊，嗯。因為肌肉是真的很性感嘛。」

「就是呀。雖然沒什麼機會看到，但像是從小腿肚到腳踝的堅實感真的很棒。」

「與其說是脖頸，不如說是包括了整個肩膀周圍。比方說從脖子到肩膀與背後的線條……」

「啊——還有，我是來到聯邦之後才第一次看到，抽菸時的手！我超愛那個！」

「男生的手臂更是必看。例如冒汗或是清晰可見的日曬痕跡，從捲起的袖子若隱若現，或是青筋血管浮起之類的。」

「血管浮起超迷人的。」

「傷疤也是，有的真的很帥氣。不過看起來太痛的就有點那個，很容易想像到有多痛。」

「實際上那些男生現在啊，已經變成在炫耀傷疤了喔。」

像是「這是在某某地方戰鬥時，被戰車型打中留下的傷——」，或是「這是在強制收容所強行爬上圍欄時被鐵絲網勾到的傷——」之類，可以聽到一些只有八六笑得出來的插曲。

少女們只是從旁聽到一點，無法理解怎麼會在這麼短的時間內從剛才的情色話題講到炫耀傷疤去了；不過閒聊本來就沒什麼脈絡可言，恐怕連那些男生自己也說不上來。

講到這裡，蕾娜想起辛也是滿身傷疤，不禁雙眉緊蹙。

比較舊的傷應該已是七年前的事了，他身上那些傷疤卻清晰可辨。以蕾娜到現在還沒聽說過由來的脖子傷疤為首，每一道傷痕都在沉默中顯示了他至今跨越過的無數死鬥與痛楚。

大半傷疤，恐怕都是在第八十六區留下的。

……話說回來。

自己明明發出尖叫，明明還害臊到逃走。

怎麼感覺好像看得仔仔細細，沒一點女孩子的矜持……

蕾娜察覺的瞬間立刻難為情起來，暗自羞紅了臉。

要舉例的話，像是述說著長年戰場生活——形成鮮明對比的日曬肌膚與本身膚色的界線，或是體型細瘦卻有著一身結實肌肉。

個頭差不多幾乎停止成長了，所以今後可能會漸漸接近成年男性的精悍。

真要說起來，平時穿軍服或機甲戰鬥服的時候，蕾娜也常常情不自禁地觀察他那跟自己截然不同的骨架、肌肉或是肌膚的質感……

就在蕾娜滿腦子這些念頭，想得出神的時候……

「蕾～娜～？」

抬起頭來一看，原本分散在寬廣浴池中各處的八六少女們，不知不覺間變得就像盯上獵物的貓一樣步步逼近，把蕾娜嚇了一跳。

「呃……？」

距離好近，人數好多，而且所有人都變了眼色。總覺得……好可怕。

「蕾娜的肌膚好光滑喔。」

「既沒有曬黑也沒有傷疤……欸，讓我們摸一下好不好？」

「沒事，只摸一下就好。只是輕輕戳一下而已，可以嗎？」

「咦，請、請等一……啊！」

蕾娜抵抗無效被抓住，四處都有人伸手過來用手掌亂拍亂摸或又戳又拉，蕾娜哇哇大叫。

一回神才發現，那些男生又陷入一片死寂了。

於是，後來泡到有點頭暈的少年們與興奮過度以至於比入浴之前還要累的少女們，一起在從大浴場走出去的大廳裡懶洋洋地癱著。這裡原本是保留古代建築原味的別館內一處列柱中庭(Peristylium)，現在上面加裝了玻璃屋頂改成廳房。

如今古老建築成了飯店，據說這裡就變成了休憩用的空間。大廳裡擺了好幾張恰好可供一兩個人躺臥或靠坐的沙發，保持著不會受到其他沙發影響的間隔，每張沙發上都鋪有薄雲般的羔羊毛皮。

在冷氣涼得恰到好處的大廳裡，身穿民族服裝的侍者用托盤端著壺裝冷飲與玻璃杯，機敏地四處走動。

沙發的材質讓身體一坐上去就會往下沉，鋪在上頭的毛皮輕柔蓬鬆。一旦禁不住誘惑閉上眼睛，可能就會不小心睡著，因此辛費勁地撐開有些沉重的眼皮。

他覺得自己太鬆懈了，但也無意改正。

結束聯合王國龍牙大山據點的攻略作戰後，大約過了一個月。其間他離開作戰行動，接受特軍軍官的一般教育課程兼做休假，心態自然已經從戰場切換到日常生活。再加上他知道現在待在這裡是為了放鬆心情，使得整個人更加鬆懈。

這裡是與聯邦西南國境相鄰的山岳國家——瓦爾特盟約同盟的一處療養地飯店，與第二首都愛沙霍恩距離不遠。

這個國家以大陸第一險峻的大靈峰伍爾斯特山為中心，是幾個小邦聯合起來建立的國家。各州星羅棋布於山間的極窄平地，就國土面積與人口而論屬於規模較小的國家，不過自建國以來施行不分男女的徵兵制，因此也是個全民皆兵的強小國。

他們早在約七百年前就脫離當時的齊亞德帝國統治獨立，自此以來不擁戴君主，施行以各州有力人士為代表的合議制共和政體，又在晚了聖瑪格諾利亞一百多年之後，也就是於一百六十年前轉變為全體國民皆有投票權的民主共和制。

「……可以坐你旁邊嗎？」

轉過去一看，就如同從嗓音辨認出來的，是蕾娜沒錯。

「請坐。」辛示意兩人沙發空出的一邊請她坐下，她拘謹地坐下。一頭長髮似乎還有點水氣，看來她從剛才到現在一直試圖把頭髮弄乾。

蕾娜有些羞赧地開口：

「剛才在浴室真對不起。那個……我不該忽然尖叫。」

「……不會。」

比起那個，辛覺得她們後來的對話比較糟糕，但說出來可能會不必要地刺激到她，所以他保持沉默。

一名女侍把綁帶長靴踩得喀喀作響走過來，用乾淨俐落又流暢的動作將冰透的玻璃容器端給兩人。

「請用冰品……各位剛才似乎玩得很起勁，一定覺得有點熱過頭了吧？」

盟約同盟以散布於山間的各州組成，是個民族大熔爐，其中比例最高的是青系種，例如這位有著一雙青眸的女侍。從她的濃金髮色與接近藍色的眼睛色彩來看，應該是碧霄種的純正血統。與森林綠意相映成趣的紅色民族衣裳，則來自這家飯店所在的雷利諾地區。

「淋在上面的煉乳是我們盟約同盟的名產。本地酪農業興盛，對乳製品很有自信。請兩位盡情享用。」

「謝謝。」「謝謝妳。」

兩人分別道謝接過冰品。女侍微微一笑。

「畢竟現在不是想吃什麼都吃得到，至少能享受一點點心也好。」

盟約同盟是山岳國家。

是從陡峻到至今依然連鋪設鐵路都有困難，岩石地面與標高完全不適合用來耕作的山峰丘陵組成的國度。

光靠山間的少許農地遠遠不夠讓所有國民充飢。盟約同盟的糧食不足問題向來是憑藉貿易與技術賺取的外匯向他國購買糧食，以補充國內所缺。

因此大陸各國在「軍團」戰爭當中各自受到包圍與阻絕，使得糧食進口隨之斷供，對盟約同盟是攸關性命的問題。即使不像共和國幾乎所有糧食都是自動工廠的合成食品那般極端，盟約同盟在這十年間糧食也幾乎全數仰賴自動工廠。

以煉乳與冷凍水果裝飾的刨冰入口即化，其中帶有一種不屬於水果的特別清香。

蕾娜在辛身旁同樣將湯匙含進嘴裡，睜大了眼睛。

「真的好好吃喔……而且有種好聞的香氣，不知道是什麼？」

「我想應該是松針吧。」

「松針？哦……」

蕾娜好像覺得很稀奇，從各個角度端詳湯匙上的碎冰。

「不同的國家真的總有不同的食物呢……我還是第一次看到加了松針的食物。」

「前半句我同意，但一提到松針，無論是聯邦還是第八十六區，都會用來代替茶葉或是替肉類去腥。」

順便再提一點，就是八六原本——雖然辛至今沒有實際感受，而且也不願意承認——也是共和國國民，因此在共和國的文化當中並不是完全沒有松針茶這個東西。

「或許是這樣沒錯……」

蕾娜鼓起了腮幫子。

辛看著她，聳了聳肩。

「也許蕾娜當初應該來第八十六區看看的，享受瓦礫堆的風景與合成食品。」

辛的語氣擺明在開玩笑，蕾娜似乎也聽出來了。她噗哧一笑，也跟著說笑。

「那個我知道，在大規模攻勢中吃得夠多了。」

「妳覺得吃起來像什麼？我不會生氣，妳說出來沒關係。」

「嗯……這個嘛……」

這是八六之間的老笑話了。蕾娜也用一種明顯取樂的表情，假裝想了一下。

「「塑膠炸彈。」」

兩人異口同聲地說。

蕾娜輕輕笑出聲來，辛看了也展露微笑。

笑完之後，忽然間，蕾娜瞇起了眼睛。

這個大廳原本是列柱中庭，過去的中庭如今加裝了幾何圖案的玻璃天花板，光線變成了綴飾白色地板的花紋。據說色彩會隨著時間而產生微妙變化，是無法觸摸的光之藝術。

蕾娜讓這種虛幻的輝耀映入眼底，說：

「這裡真是個好地方。既安靜——又盡是美麗的景色。」

「——」

盟約同盟國土雖小，但這間飯店所在的療養地距離「軍團」戰爭的前線相當遙遠。這些山地之民過去曾以世界首創的多腳裝甲兵器成功抵禦了帝國的十五個戰車師團，如今與「軍團」對峙時仍不失當年的精練勇銳。

所以戰火的氣息傳不到此地。

聽不見遠處的砲聲。

也沒有機庫的人聲喧嚷。

就連不曾止息的「軍團」們的悲嘆，從這裡聽起來也很遙遠。

這對辛而言，是不熟悉的寂靜。

他的日常生活總是與戰場的喧囂同在。

砲響不絕於耳，空氣中永遠都有機油與硝煙的氣味，整個世界滿是沙塵與戰塵。

習慣了那種日常的他目前還無法實際體會到，這種安穩平靜才是平常人的生活。

即使如此。

他再也不會──覺得心靈失去平靜了。

「妳說得對。」

在晚餐之前還有一些時間，蕾娜暫時回飯店的客房一趟，把各種入浴用具放好。

蕾娜是和阿涅塔共用這間雙人房，不過阿涅塔還沒回來。蕾娜躺到自己那張床上趁房客入浴時整齊鋪好、毫無皺褶的被子上，發呆了一會兒。

她感覺泡澡泡到有點頭暈，看來是鬧得太開心了。一獨處心情鬆懈下來，就覺得渾身輕飄飄的很舒服，意識逐漸飄遠。

「咪嗚──」被蕾娜留在房間的狄比一面發出從小到大始終如一的高亢叫聲，一面靠過來。

外派到聯合王國時沒能帶狄比同行，黑貓已經足足兩個月以上沒能待在蕾娜或辛身邊，於是變得比以前稍微愛撒嬌了一點。牠毫不客氣地爬上蕾娜的肚子，蕾娜閉著眼睛用一隻手摸摸牠，得到一陣呼嚕呼嚕的愉快聲音做回應。

蕾娜一邊在舒適感中打盹，一邊回憶這陣子發生的大小事，意識自然而然地飄往一處。

那是她在聯合王國的雪地戰場聽到的一番話。

這一個月以來，她一直將那些話放在心上。

與高機動型戰鬥後，辛對她說了。那些話語像是哀求，帶著他如同迷途小孩般的脆弱與傷痛，是他唯一一個即使如此仍無法不去追求的心願。

——我一定會回來。所以……請不要留下我一個人。

——我想帶妳看海。

……他講的那些話，說得明白點……

「就是那個意思」……沒錯吧……？

一想到這裡，蕾娜忽然覺得好難為情，兩手覆蓋臉頰在床上滾來滾去。

會是我……自作多情嗎？

可是，怎麼想都只會是那個意思。

他說，他一定會回來，說「請不要留下我一個人」……還說想帶她看海。如果不是那個意思，那還能是什麼意思？

可是，說不定真的只是她自作多情。

辛在這一個月來放假時會去鄰近基地的城市就學，已經修完高等教育的蕾娜不知為何也被當成學生，於是跟他在同一所學校念書。其間辛似乎已經整理好心情，會笑也會開玩笑，心態似乎變得從容了點。

那段校園生活對蕾娜來說是一份燦爛難忘的快樂回憶，但是……其間辛一次也沒提起當時託付給她的心願，也沒流露出任何一絲特別的感情。

所以，說不定真的只是她自作多情。但怎麼想都不可能是其他意思。

每次思考這件事，最後蕾娜總會像這樣腦袋打結。她按住越來越紅的臉頰，翻滾得比剛才更厲害。

雖說當時正在進行作戰，辛與蕾娜自己都置身於戰場，狀況實在不允許她做確認，但早知道會這樣煩惱來煩惱去，就該趁作戰結束、狀況平息下來時問個清楚了……嗯？趁作戰結束後？狀況平息下來，恢復冷靜之後再問一遍？辦不到，絕對辦不到。辦不到辦不到辦不到羞死人了，問得出口才怪。

應該說……

假如……

一問之下……

是她誤會了，那該怎麼辦……！

蕾娜摀住紅通通的臉頰，在床上左右滾來滾去。她又羞又怕，不這樣亂動的話就要發瘋了。

看到主人占據了整張應該夠讓一個人使用的中床並在上頭滾來滾去，狄比不耐地跳到了阿涅塔那張床去。

真要說起來，既然自己這麼在意辛的心情，又擔心如果只是自作多情，如果是自己誤會了該怎麼辦……

……那麼自己，自己對辛，又是什麼樣的……

喀嚓一聲，房門打開了。

「我回來了——蕾娜，我跟人家要了檸檬水來，妳要喝嗎？聽說雖然檸檬是合成香料，但薄荷是真的喔。咦……」

阿涅塔低頭看看蕾娜，一臉納悶。

「妳在幹嘛啊？」

「阿涅塔……」

被這麼一問，蕾娜求助似的抬頭看向閨密。床單已經被她弄得皺巴巴的，剛剛才梳理過的銀緞髮絲也弄到東翹西翹，慘不忍睹。

「阿涅塔，我問妳喔……妳覺得辛他，對我是怎麼想的……？」

阿涅塔沉默了。

她閉口不言了好長好長一段時間。

最後她深深地大嘆一口氣，就像在釋放體內的壓力。

「……蕾娜。」

「嗚。」

「我很～清楚妳是個超級天然呆，但是拜託，讓我Ｋ妳一下好嗎？」

「……………………對不起。」

「喵——」狄比發出了分不清是同意還是事不關己的叫聲。

除了有點泡澡泡暈頭之外，更主要的原因似乎是鬆懈過度，辛回到客房鬆一口氣之後，漫無邊際的追憶立刻淹沒腦海。

仰望著複雜木材拼裝的工藝天花板，辛有些漫不經心地回想這些在腦海中播放的記憶。

像是直至幾日前為期一個月的學校生活，或是那時與同袍們的對話。那些都只是無關緊要的閒話家常，除了像這樣無意間重回腦海的時候之外，連記在心裡的實際感受都沒有，說穿了都是平凡無奇的小事。

其中，最終占據腦海的是蕾娜的事情。

一個月前在聯合王國的雪山時與她的對話。

自己說過的話。

——請不要留下我一個人。

到了這個地步……

他覺得實在該有自知之明——不該再逃避了。

自己想得到什麼？……什麼能讓他即使只是欺騙自己，也能活下去？

自己對蕾娜抱持著何種感情？

一去意識到那份感情，即使辛也不免感到害臊，緊閉雙眼後把頭用力靠到枕頭上。

也許因為這是一種陌生的感情，總覺得無處宣洩又孤立無援，莫名地心神不定、坐立難安。

這讓辛不知道該如何是好。他怕出錯，遲遲不敢踏出一步。有人說他膽小，說的真是對極了；回想起在這約莫一個月的學校生活休假期間，自己好幾次想對蕾娜表白，到頭來卻一句話也說不出口的窩囊德性讓他有點沮喪。

辛自己也不是很明白，這份感情是從何時開始的。

當辛注意到時，內心的某個角落總有她的存在。兩人得以重逢，變得能在同個戰場上並肩作戰，她在辛心中的地位也越來越大。到了最後，辛再也無法矇騙自己了。

同時他也知道既然已有自覺，就不能再隱瞞下去。

回想起來，自己總是把自私的心願強加在她身上。希望她記得辛，希望她能活下去——希望她不要像其他所有人一樣，留下辛一個人。

辛不能因為她回應了自己的這一切心願，就繼續依賴她的善意。

辛想帶她看海——想與她一起看海。

既然如今他已經察覺——這份心願正是自己真正的期望……

話雖如此。

「……辛。」

這份心願畢竟也是辛一個人的自私願望。蕾娜至今回應了他所有的心願，並不代表這次她也非得回應不可。

「……辛。」

當然，也有可能遭到拒絕。

「辛，喂。」

更何況到目前為止，總是蕾娜在支撐他，他卻從沒給過蕾娜什麼，所以……

假如蕾娜根本沒有那個意思，那該怎麼辦呢……

「我在叫你啊，你這笨蛋。」

辛猛一回神看向說話的人，只見萊登不知是何時回來的……該怎麼說呢？用一種前所未見的神情站在門前。

好像極度傻眼，又好像煩不勝煩，或是被迫吃了一堆根本不想吃的糖果。

「……幹嘛？」

「還問我幹嘛？」

萊登深深地從腹腔長嘆一口氣，說道：

「你真的變了呢。」

†

雖說大多是合成代用品或加速生長的蔬果，不過盟約同盟早在戰前就以自動工廠生產的糧食補充進口之不足，這類食品的品質還算不錯。

再加上此地是自古以來貿易興盛的國家，融合了大陸中北部與南部風味的獨特傳統料理讓八六與蕾娜等人嘖嘖稱奇，邊吃邊聊，晚餐氣氛相當熱鬧，使每一位負責餐桌服務的侍者都露出了微笑。

盟約同盟與聯邦相同，而與共和國以及聯合王國不同，大多都習慣喝咖啡。大家飯後享受與聯邦不同香氣的替代咖啡與甜點，各自心滿意足地呼一口氣。

就在這時，一個鐵灰色的人影站到了晚餐大廳的入口。

「時間到了，各位。」

她有著一頭金色超短髮，以及鮮豔的紅唇。在這盡是身穿便服的少年少女的場所，那身鐵灰色的軍服顯得有些不祥。

葛蕾蒂。

氣氛霎時如弓箭上弦，幾人做出回應站起來。

蕾娜也是其中之一。她向同桌的同袍致意後離席。「辛苦了。」「加油。」「有勞汝等了。」留下的安琪、可蕾娜與芙蕾德利嘉出言慰勞她們。

蕾娜回到房間，打開衣櫃。

她套上從旅行箱裡拿出來掛好的深藍軍服。

這是深藍金邊的共和國軍服，是她在休假期間一次也不曾穿過，一個月以來首度加身的軍人服裝。

隔了一個月後穿起軍服，心態也自然而然地調整過來。最後她將白銀長髮撩到背後任其垂落，與同樣換上軍服的阿涅塔一同走出房間。

到達飯店門廳時，葛蕾蒂、辛、維克與蕾爾赫已經在等著她們。

他們分別穿著鐵灰、紫黑與胭脂色的軍服。

「抱歉，讓各位久等了。」

「不會……那麼，我們走吧。」

葛蕾蒂用一如往常的鮮豔紅唇微笑後轉身，蕾娜與阿涅塔跟隨其後，接著辛、維克與蕾爾赫也跟上。推開雙開門的門僮與在場的門房做出了與優美的古典制服不是很相襯的、給人鮮明印象的舉手禮——盟約同盟是男女國民皆兵的徵兵制強國。

橄欖綠與棕褐色的叢林迷彩大型車輛已經在門廊外待機。

前後車門上，繪有自豪地讓捲角朝天，英銳挺立的山羊徽章。

下車等候的正副駕駛員打開車門，蕾娜等人坐上後座。這種車輛是用來將貨物或人員運送至砲火不及的後方地區，即使坐上將近十個人都還有空間。

車門關上後沒過多久，車輛就伴隨著引擎發動的震動，平順地開始行走。

可能是作為送行吧，隔著黑玻璃可以看到賽歐拉開房間窗簾俯視他們，在輕輕揮手。

「——真不好意思，伊迪那洛克中校、諾贊上尉。你們是戰鬥人員，卻讓你們來幫忙。」

「不會。」

盟約同盟的國土多為山地，城鎮星羅棋布於少許的平地上，只須開車走一小段距離，視野很快就會封閉在森林的綠意中。此刻除了月影之外黑暗無光，樹木輪廓宛如黑壓壓的長槍林，將夜空切割出形狀。

當這片黑暗封閉了車窗時，葛蕾蒂開口說道，辛在她的斜前方輕輕搖頭。

蕾娜與阿涅塔此次只是到場，被叫來處理後續事宜的只有辛與維克兩人。

「第一機甲群（我們）這時候本來應該已經結束休假進行訓練，但因為那個試作裝備還沒來得及服役，要不是有這件事可做的話，我們只能無所事事地等候命令，所以這樣剛好。」

機動打擊群的處理終端大致分成每組兩千人的四個機甲群（Group），每次由兩個群擔任作戰行動，一個接受訓練，一個到附設學校上課兼做休假。

從外派至聯合王國回來後，辛等第一機甲群進入為期一個月的休假，而這一個月就快結束，正要進入下一個訓練期間。

話雖如此，但訓練計畫中追加的新裝備畢竟因為是臨時提出，其實還正在進行最終測試。

雖然新裝備不是完全重新開發，而是將盟約同盟原本供應國內機甲使用的武裝以聯邦與聯合王國提供的技術改造給「女武神」使用，但竟然才一個月就完成了。或許該說不愧是以技術享譽國際的盟約同盟吧。

新裝備尚在測試，當然也就不能用來做訓練，因此訓練暫時延期。

於是在這空暇無事的期間，包括為了另一件事受到召集的辛與維克，大隊長級人員以及他們麾下的戰隊就來到了盟約同盟，主要目的是協助進行測試。

不只他們倆，全體戰隊人員都在盟約同盟的善意提供之下，住進了平時作為同盟軍療養地的溫泉飯店。

想起不久之前的喧鬧，辛聳聳肩。沒錯，這就像是——……

「就像是讓我們放假放久一點。實際上大家都玩得很開心，我也不例外。」

「那就好……因為第一機甲群在短期間內看了太多悽慘的場面，尤其是你們這些作為機甲群中心的六個戰隊。高層認為你們心裡應該會受到不少震撼，需要特別照護。反正既然有這機會，就跟盟約同盟談了一下。」

先是夏綠特市地下鐵總站的成堆腐屍，接著又是列維奇要塞基地以「西琳」與「阿爾科諾斯特」堆成的攻城路。精神醫療班的報告指出處理終端們的精神狀態原本就因為自幼遭受的迫害而有些失衡，這次精神更是承受了巨大負擔，因此高層判斷有必要為其紓壓。

任務造成的壓力本來應該在休假期間紓解，但以八六來說，放假的地點並非故鄉或家人身邊，而是在機動打擊群總部的軍械庫基地近旁新設的學校。雖說學校所在的城市與基地之間隔了一條河，且放假時會住進學校宿舍，但還是能遠遠瞭望到基地，也會聽見演習的空砲聲。

就連放假期間，都無法完全拂拭八六長年置身的，比和平更令他們熟悉的戰鬥氣息……這樣承受負擔的精神恐怕得不到休息。

「我想你們應該聽說了，其他第一機甲群的孩子們目前也都到聯邦各地的觀光地去療養了。只有班諾德軍曹帶領的極光戰隊隊員回絕了，他們說想利用這段時間多陪陪故鄉的家人。」

「似乎是這樣。」

附帶一提，沒來到這裡的處理終端們逗留的觀光地幾乎都是他們文件上的前貴族監護人以前領地的療養地。由於他們至今仍握有一點潛在的權力，因此關於這個部隊的相關特別應對方式，這些監護人常常能適時適宜地發揮功能。

「……等戰爭結束後，真想找個時間跟部隊全體人員一起去南方海邊的哪個度假村玩。不然對大家太不公平了，再說也能讓大家改變心態，知道戰爭是真的結束了。」

海邊。

蕾娜在辛的身邊聽到這兩個字，心跳漏了一拍。雖然葛蕾蒂應該不是心知肚明，而故意這樣說的……

——我想帶妳看海。

那是蕾娜從未看過的，一整面的碧藍。

等有一天戰爭結束，到時候……

兩個人一起去。

……就我們倆？

蕾娜忍不住這麼想，回過神後急忙擺脫這個念頭。現在正在執行公務，不是胡思亂想的時候。

話說回來，「女武神」的任務記錄器其實會記錄處理終端的發言，葛蕾蒂這個旅團長對於辛在那段對話當中的發言其實掌握得一清二楚，但蕾娜沒想到這點。

因此她沒發現葛蕾蒂存心要開他們的玩笑，說完之後還意有所指地看了看辛；也沒發現辛露骨地轉移目光，硬是不予理會。

原本在夜路上小心開車、保持沉默的伍長頭也不回地說了：

「待戰爭平息的時候，希望各位能純粹抱持觀光的心情，再度蒞臨我們盟約同盟國內──在一些被可恨的臭鐵罐占領的地區還有很多值得一看的地方或景點。我們都非常希望能讓各位盡情欣賞。」

葛蕾蒂面露微笑。

「謝謝你，伍長。」

車子停了。

盟約同盟雖然氣候寒冷，但日照量比聯邦或聯合王國都來得大，因此擁有蒼鬱的森林。刻意保留此種天然掩蔽，那棟設施彷彿埋沒在枝繁葉茂的華蓋底下。

這原先很可能是偽裝成地形起伏的一種司令部機能。周圍以兩圈鐵絲網與步哨防護的高度戒備，對蕾娜或八六們而言，他們在聯邦的自家總部基地已經漸漸看慣了這種屬於高機密度軍事設施的警戒態勢。別說入侵，連偷窺內部狀況都會受到限制，是用來捍衛護國之劍的牢籠。

駕駛員拿出ＩＤ卡核對，大門開啟。車子沿著不是直線而是彎曲的「單一道路」行駛一段時間，來到建築物的正面。眾人在這裡下車，換成每個人各自出示ＩＤ卡，金屬門這才開啟，迎接眾人入內。

等門扉完全關上後，葛蕾蒂開口了：

「……那麼，你們對情況知道多少？」

兩名駕駛無法進入這棟建築物，也沒資格得知室內的情資。所以葛蕾蒂在接送的車上沒能向他們確認這個問題。

「聽說聯邦與聯合王國，再加上盟約同盟，這三個國家的情報部正在共同進行審訊——盟約同盟不是與前次作戰毫無關聯嗎？」

「盟約同盟是友邦，我們沒有理由將他們屏除在調查行動之外。況且作為回報，對方還承辦了那個新裝備的開發工作呢。」

瓦爾特盟約同盟曾是全世界最早開發機甲，運用在高低差距極大的山岳地帶擔負國防職責的國家。

如同這項經歷所示，盟約同盟是技術大國。只在山間擁有極少耕地與牧草地的盟約同盟有很多國民無地可耕。國內將這些多餘人力投入貿易與軍事，以及研究與工業上，成為自古以來始終擁有高度技術力與工業水準的國家。

大貴族以稅金名義從廣大領地與眾多領民身上徵收農作物與收入獲得富貴有餘的財力，又因為不須從事生產而有多餘時間，各家名門貴族耗費這一切資源以研究成果互相較勁，而培育出那種超乎國際水準的技術力，只是終究還是比不過昔日的齊亞德帝國。

「再說，盟約同盟的中立以這個情況來說很有價值……齊亞德聯邦與催生出『軍團』的帝國建立在同一塊國土上；聯合王國則是開發了『瑪麗安娜模型』。假設今後兩國要向各國公開情資，與其只以這兩國進行，有作為中立國的盟約同盟加入，多少能增加一點可信度。」

這裡的主要設施位於地下，如同聯合王國的列維奇要塞基地或備用陣地帶。一行人走下好幾層樓，進入質感冰冷的走廊。

本來默默聽著的維克說了：

「這三個國家的情報部共同審訊……花了這一個月的時間，都沒有半點成果嗎？」

「咦？」蕾娜睜大眼睛，葛蕾蒂單以視線往後看，瞇起眼睛。

維克用一種引用滾瓜爛熟的經籍典故般輕鬆自在的口吻繼續說道。對他而言，這連推測都算不上。

「不然身為專業情報部，哪會請求身為戰鬥人員的我或諾贊幫忙？運用智慧與言詞代替野蠻暴力，是以情報為戰場之人的尊嚴。把戰鬥人員請進他們的戰場——本來是有損他們顏面的。」

葛蕾蒂嘆了一小口氣。

「對，你說得沒錯……他們什麼都問不出來，就連它生前的名字也是。」

姓名與軍階、出生年月日與兵籍號碼。

這些在戰爭條款中是規定俘虜必須回答的情報。

當然，這只是說根據戰爭條款；既不抓俘虜，在殺傷人員時也不會區分軍民的「軍團」程式當中，自然並未寫入禁止這兩項行為的戰爭條款。即使如此，如果連這麼基本的情資都問不出來，情報部人員可說顏面盡失。

的確，身為機械的「軍團」無法下藥。

由於「軍團」沒有痛覺，因此拷問也不具意義。

但是所謂的審訊官，即使不用藥物或拷問也應該要問得出情報。據說更有本事的人別說傷害對方，連一根寒毛都不用碰，就能在對方不知不覺間問出情報。

「聽說它完全不回應任何溝通。聲音、文字，全都毫無反應。」

「……原來如此。那還真是……」

這樣就算是身經百戰的審訊官也束手無策了。

「它真的能夠進行對話嗎？真的就是『她』嗎？就連它究竟有沒有人類的記憶或人格等性質都受到懷疑呢。」

「……所以才會把我們叫來，是嗎？」

與地上一樣，長長的走廊彎彎曲曲，當遭受敵軍入侵時可以削減其進攻速度。一行人來到走廊底端，裝設於盡頭的、戒備森嚴的三道鎖金屬門開啟。

透過揚聲器從中傳來下指示的聲音，是如今已聽慣了的聯邦口音。他們聽從指示進門，走進室內。

身穿聯邦鐵灰、聯合王國紫黑與盟約同盟深枯葉色軍服的軍人們轉過頭來。站在他們之中，一位身著聯邦鐵灰色軍服，擁有血紅頭髮與眼睛的女性軍官瞥了一眼辛，用只有他能看出的程度淺淺一笑。

辛明白對方是活用異能，隸屬於聯邦軍的一名特技兵。很可能是邁卡的血統——他母親的家族成員之一，也就是具有精神感應異能血統的其中一人。

聽葛妲·邁卡女侯爵所說，邁卡的旁系之中有一個家族能與非親屬之人進行精神感應。這位女性應該就是該家族的成員。

如果連她都無法看穿它的心思……會懷疑「對象物」是否有人格也合情合理。

據說這個房間，原本是開發中軍武的地下實驗設施。可能是為了怕電磁干擾，整面牆壁全覆蓋著金屬板，一道裝甲板牆壁嚴密地隔開後面的廣大拘束室與前面的狹窄觀察室。牆上開著特殊的強化壓克力窗戶。

在這扇很可能具有防彈、防爆功能，且能操作夾在內部的特殊材質偏光板，讓人從後面的拘束室無法肉眼看見觀察室情形的加厚窗戶的另一頭……

一架斥候型被拆除腳部，並以多個螺栓釘死在地板上，受到了拘束。

它有著宛若月光的白群色裝甲，以及此一個體獨有的滿月般金色光學感應器。武裝早在被擄之前就已經丟失，機體繪有女神憑倚新月的識別標誌。

「無情女王」。

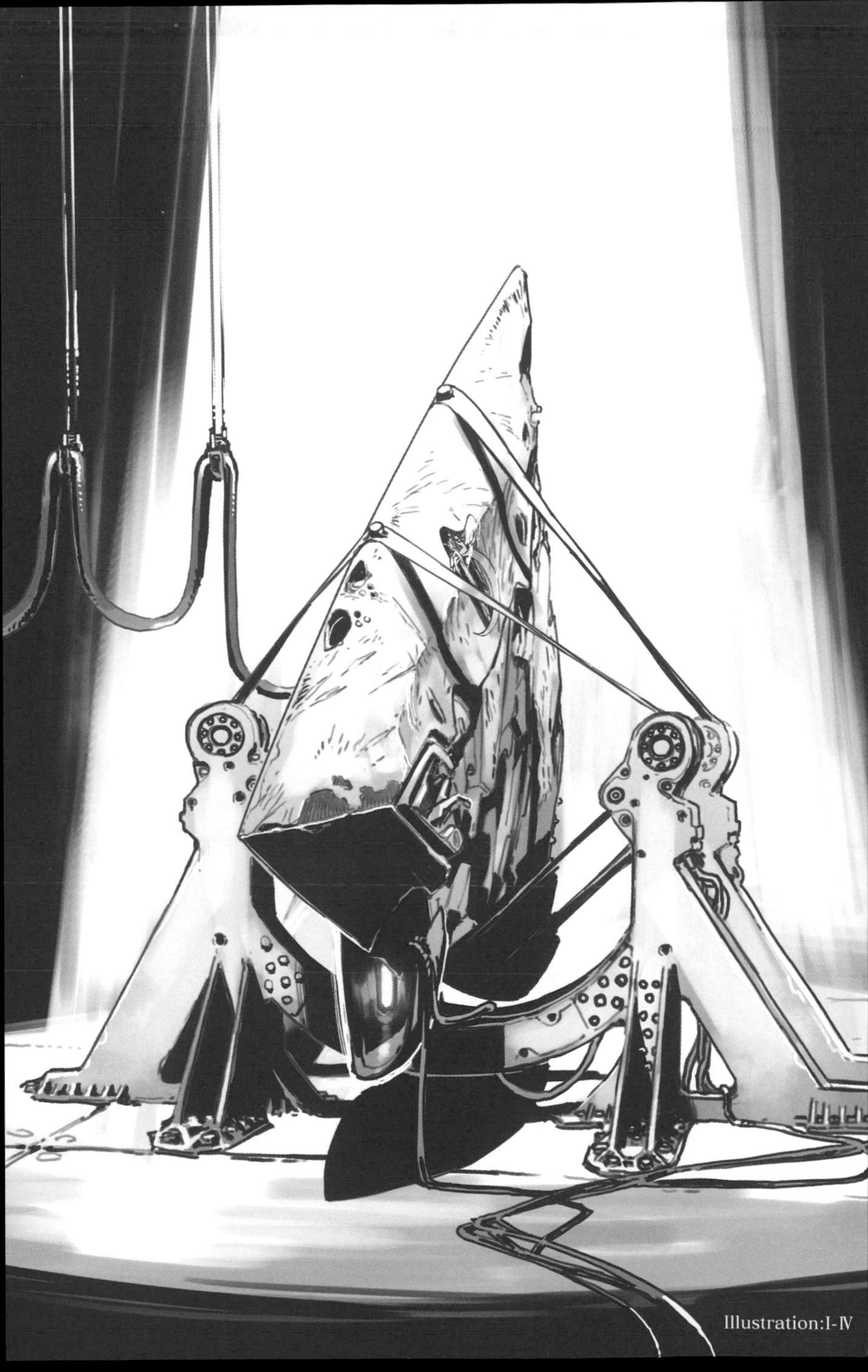

Illustration:I-Ⅳ

# 第二章　迷霧之藍

「——結果昨天什麼回應都沒得到呢。」

早餐如同盟約同盟許多飯店採用的那樣，是自助餐形式。

正如負責分配菜餚的廚師握著拳頭說絕對好吃、強烈推薦的那般，淋上大量現場熱熔起司的馬鈴薯料理美味無比。蕾娜把最後一口送進嘴裡，嚥下後說道。

薄切馬鈴薯雖是合成澱粉製的替代品，但起司是真材實料，堪稱人間美味。看到眼前的人盤子裡也有一樣的菜餚，她在心裡滿意地點頭。

「當初就有人指出，這可能只是引誘你或維克、聯邦或聯合王國的精銳部隊上鉤的陷阱。但假如真是如此，對之前聯合王國作戰當中捐軀的人就太……」

「至少我覺得，我聽見的『她』的聲音與她生前的聲音紀錄一樣。要下那種結論還太早。」

坐在她對面的辛回答，在他面前的白色盤子裡，起司歐姆蛋以及加了大量奶油的炒蛋堆成了金色小山。這是負責雞蛋料理的廚師推薦：「兩種都很好吃喔，你要哪一種？啊啊，反正你們年輕人需要多吃點，乾脆都拿吧！」所造成的結果。

這家飯店同時也具有盟約同盟軍療養所的功能，廚師們雖然早已習慣伺候好胃口的軍人，但這個盡是少年兵——由食量正大的少年少女組成的部隊似乎仍讓他們感到很新鮮。自從所有人昨天用餐發揮過旺盛的食慾後，現在每位廚師都心情大好，又是「這是最推薦的麵包」又是「新湯出爐嘍」，搶著照顧蕾娜等人。

「再說，我覺得昨天沒有反應是正常的……因為昨天，我是關掉麥克風呼喚她的。」

†

他說有個想法想先試試。

「偏光設定就照目前這樣……諾贊，麻煩你關著麥克風呼喚她看看。」

聽到維克這種不解其意的指示，辛皺起眉頭。他們置身於審訊室的銀色幽暗空間中。如同拘束室內看不見審訊者的身影，觀察室裡的聲音也不會傳進拘束室。需要使用專用的麥克風才能進行溝通。

「你這話是……」

「在龍牙大山的攻略作戰，『無情女王』最後主動在你面前現身，對吧？……明明那對於即將淪陷據點的指揮官來說不但沒意義，根本是百害而無一利的行為。」

當時辛受困的熔岩湖位於龍牙大山據點的最底層，是再也無處可去的死路、連通訊都遭到厚實岩盤遮蔽的孤立牢籠。

在遭受機動打擊群攻打，據點一步步淪陷的狀況下，身為「軍團」指揮官機的「無情女王」絕不該造訪那種地方。因為那裡無路可走，也無法向任何地方發出指揮通訊。

「也許只是偶然。也許只是我們人類無從推測，其實這對『軍團』來說是有合理的目的。但是——也不能斷定她不是刻意出現在你面前。首先我想弄清楚這點。然後如果她的目標是你，也想知道她想得到你的什麼。」

「無情女王」只是一時大意才會落入機動打擊群的手裡受擄，抑或是刻意現身？

假如是刻意現身，她想見的是「誰」？是附近隨便一個人都好，抑或是因為在場的是辛她才現身？假如她的目標是辛，她是將辛視為俘虜對象，還是因為辛看過暗藏在高機動型體內的訊息？是看中他與舊帝國皇族相同的色彩，還是因為辛是最後擊毀高機動型的人？又或是因為能聽見「軍團」悲嘆的他，聲音傳到了女王耳裡？

什麼是觸發「無情女王」行動的因子，其中顯露的目的又是什麼？

「我只能聽見『軍團』的聲音，不能進行對話……這我應該已經告訴過你了。」

「你是說過。但是，既然你能聽見那些亡靈的聲音，那些亡靈或許也能聽見死神的聲音——會這樣懷疑很合理吧。」

結果……「無情女王」還是沒有回應辛的呼喚。

「——他說『軍團』也許聽得見我的聲音……沒錯，它們偶爾是能夠掌握我的位置。但是到目前為止，我從來沒能跟它們溝通過。」

「是的——假如能夠溝通，或是對話……那個，你也不用跟你哥哥交手了……只是……」

蕾娜靜悄悄地放下餐刀，指尖抵著嘴唇一面回想一面點頭。

她想起昨天看到的那架白群色的斥候型。

那個月黃色的光學感應器，一瞬間，就只有一瞬間……

「我感覺她——明明應該看不到，卻好像看了一下你。」

血紅眼瞳無聲無息地回望蕾娜，讓她微微偏了偏頭。

「怎麼了？」

「聽起來蕾娜似乎是把『軍團』當人看——而且妳不會叫它們臭鐵罐。」

被他這麼一說，蕾娜眨了眨眼睛。這倒是。

而且——這讓她發現，辛也是……

「……你是不是其實……很不喜歡那種稱呼？」

不喜歡聽到別人把那些機械亡靈稱為臭鐵罐——稱為怪物。

也不喜歡別人把受困於「軍團」體內的哥哥亡靈，不假思索地當成怪物。

「是不至於很不喜歡……」

講到一半，辛停頓下來思考片刻。彷彿給自己一段細細追溯思考與感情的時間。

追溯自己放著不管，任由它曖昧不清的心情。

看來，辛已經決定不再以一句「不太明白」，就任由它繼續曖昧下去。

原先之所以放著不管，除了因為在第八十六區的戰場沒那多餘的心力，可能也是某種程度的逃避。當時不願去想、不願面對的事物就棄置不管，視若無睹也行。因為那時候就算去思考、理解了，也無濟於事。

因為遲早——作為八六的命運，本來是一定會死於戰場。

本來是這樣的，但是辛活了下來，然而從死亡命運獲得解放後，仍然沒能跳脫終將一死的心態——其實明明有必要去面對，卻一味逃避。

結果導致前次在聯合王國的那場慘不忍睹的混亂。

他相信，自己絕不會再重蹈覆轍。

「……妳說得對，我不願意那樣稱呼哥哥。即使變成了『軍團』，哥哥對我來說還是哥哥，還有凱耶或其他被帶走的人也是。就跟他們一樣，我不想把『軍團』——叫成臭鐵罐。」

因為無論是吸收了戰死者亡靈的個體，或是如今數量已經減少的純粹機械亡靈，對他而言一律平等，都是徬徨悲嘆著想安息的亡靈。

因為，他已經聽見了它們的悲嘆。

蕾娜淡淡地微笑了。

「因為辛很善良啊。」

「……妳最近常常這樣說，該不會是覺得用這句話應付我就行了吧，蕾娜？」

辛用挖苦人的口氣說，蕾娜不滿地鼓起腮幫子。

「我是真的這麼認為才會這樣說啊……誰教辛你總是沒有自覺。」

「因為我就是不這麼認為。」

「你真是的……」

辛總是這樣說，毫無自覺，把滿不在乎地削減自己的身心當作理所當然，讓在他身旁看著的蕾娜好擔心。

「……啊，還有，關於本來要做確認的那件裝備，由於『無情女王』的調查照目前看來可能還需要時間，因此我想請辛專注於調查工作，協助測試裝備的事情就交給萊登他們……」

辛一聽馬上不高興地閉口不語，讓蕾娜輕聲笑了起來。

「辛，你現在的反應就像玩具快被沒收的小孩子一樣喔。」

……就像這樣，萊登從稍遠的餐桌厭煩地看著一大早就進入兩人世界的作戰指揮官與總戰隊長兩位閣下，同時為話題做總結。

「……所以，看來辛那傢伙總算是做好覺悟了。」

大夥兒在講的，是關於昨天辛在客房若有所思的模樣。只不過與其說若有所思，其實大家已經差不多摸透了他的想法。

「都那麼明顯了，本人之前別說覺悟，竟然連自覺都沒有，反而很厲害耶。」

「他們倆已經好懂到就連不太清楚狀況的我都看得出來了。」

賽歐拿著被肉脂弄得完全失去光澤的叉子，坐沒坐樣地用手撐著臉頰回應；達斯汀停止撕開替代麵包接下去說道。

一位女廚師終於拋下了櫃檯內的待機任務，端著一大盤剛煎好的香腸（部分使用合成肉）在各個餐桌間繞來繞去，笑容燦爛地問大家要不要再來一些，於是所有人都在裝滿菜餚的盤子裡設法撥出空位拿了香腸。

馬塞爾發出脆響咬斷香腸，由於香腸剛煎好很燙，他張著嘴哈氣了半天後說：

「雖然差不多看習慣了……但跟特軍校那時候比起來，感覺超意外的。」

「放心，我們也很意外。」

「就算跟第八十六區那時候相比也一樣，那樣的隊長與其說感到意外，不如說根本想像不到呢。」

瑞圖說著，把薯條一根接一根地放進嘴裡；尤德把喝光的奶油濃湯碗放到一旁問道：

「所以，我們接下來怎麼做？」

「還能怎麼做……」

萊登用鼻子吐氣。

「他現在如果又退縮，只會把我們煩死。」

「就是啊——」

「……坦白講，我已經不耐煩了。」

所有人都萬分無奈地嘆了口氣。

「得幫他一把才行。」

另一桌換成站在蕾娜這一邊，安琪、西汀、阿涅塔、滿陽與夏娜交頭接耳商量同一件事。無異於其他餐桌，她們也圍繞著裝滿菜餚的盤子。

至於似乎無意參與，保持沉默切開滿滿莓果醬汁三層鬆餅的可蕾娜，以及一副心裡還沒完全看開的表情大嚼浸滿蜂蜜的法式吐司的芙蕾德利嘉，雖然值得同情，但就先別理會吧。

「問題在於蕾娜還沒有自覺，對吧？」

安琪嚥下最後一口鋪滿烤蘋果片的吐司說道，西汀一邊一次叉起幾片還在滋滋噴油的培根一邊回應：

「是說都那副樣子了還沒自覺，我反而佩服起女王陛下來了。」

「辛也是，該怎麼說呢……明明就那麼好懂……」

「那麼，這下該如何是好呢？」

阿涅塔一面把盟約同盟傳統的果乾穀片舀進張開的嘴裡一面嘆氣，身旁的滿陽微微偏頭。她一口吃下去的草莓比想像中酸，整張臉皺了起來；夏娜一面分些塗了果醬的長棍麵包給她平衡一下，一邊慨嘆道：

「要幫她一把是無所謂，但癥結在於蕾娜沒下定決心。」

「就是啊……不過都已經到這個地步了，她要是再當縮頭烏龜會把我們煩死。」

「老實說，我已經有點不耐煩了。」

在場除了可蕾娜與芙蕾德利嘉之外，所有人都由衷傻眼地嘆了口氣。

「得設法斷了蕾娜的退路才行。」

「——受不了，成天談情說愛，真羨慕平民心態這麼輕鬆。」

維克敬謝不敏地置身事外，對著被他如此評斷的辛與蕾娜，以及似乎打算支持兩人的八六們唾棄地說。

他不喜歡人擠人所以在房間用早餐，之後只為了優雅地享受餐後咖啡才來到餐廳，但嘴裡說的卻是這種話，毫無格調可言。

即使王位繼承權遭到褫奪，受人畏懼為玩弄屍體與死亡的冷血蝰蛇，但畢竟還是個王族。更

何況他還是紫瑛種最後的異能血統——伊迪那洛克的異能繼承者。

維克既無權拒絕傳宗接代，也不准與其他血統混血。別說自懂事以來，早在呱呱墜地之前，他的正室人選已經敲定，甚至連必要時的側室人選也是。不只是他，伊迪那洛克皇家的所有人都是如此。

獨角獸血統的傳人，沒有基於戀愛這種渺小私情選擇結婚對象的自由。

況且追本溯源，所謂的戀愛並非人類此一物種自古以來具備的習性，而是在距今不遠的近代誕生的新概念，不相容於聯合王國尊崇古制的價值觀。

因此眼前上演的酸甜青澀的青春場面看在維克眼裡只覺得拖泥帶水又令人厭煩……他可沒有在嫉妒他們。

坐在維克的對面，蕾爾赫雙手捧著不能喝但還是點來做個樣子的咖啡，慢條斯理地開口：

「殿下，那個……您是不是該跟您的未婚妻雅羅斯拉娃公主進行正式的訂婚儀式了……」

「閉嘴，七歲小孩。」

蕾爾赫繼續端著咖啡杯探身向前。

「可是，公主為了殿下拖延儀式的事煩惱到最後，竟然找上了下官這區區一個機械人偶商量呢。公主說也許是她至今未能幫上殿下的忙，或是自己還有什麼不周之處，串串珠淚恰如初開的玫瑰灑落朝露一般……下官看得實在不忍心。」

「…………」

他知道。

不合己意的諫言帶來的不悅及感受到的些微愧疚讓維克沉默不語。

那個少女系出聯合王國豪門之中承繼了獨角獸血統的家室，只因為其血統而中選。要百依百順以免遭受為夫的王子懲罰，檢束自我不得過問政事，身體健康足以承受生產之痛——少女受人如此培植，只為成為撫育伊迪那洛克傳人的母胎。

她絕不是個品性不良的女孩。

不只如此，少女從未對他有過任何不滿，面對不只身分地位遠低於自己，甚至連人類都不是的蕾爾赫既不亂發脾氣，也不說半句怨言，是個心性善良到愚昧地步的好女孩。

即使如此……

「……住口。」

別人也就算了，竟然是她來叫自己選擇別人。

他還沒有能力去接受這種意見——別人能說，唯獨外貌與蕾爾赫莉特如出一轍的她不行。

環顧這少年少女們有說有笑、一派和平的早餐景況……

隸屬於機動打擊群第二七整備中隊——「女武神」整備中隊的八六整備人員，葛倫．秋野軍曹嘆了一口氣。

姑且不論自己跟其他同袍本來就是來工作的，這些小鬼頭照理來講，應該是來放假、開心旅遊的才對。

「這還真是難啟齒……抱歉事出突然，不過該幹活啦，處理終端們。」

†

『演習狀況開始。』

『系統啟動．WHM XM2「女武神」。』

『Mk1「狂怒戎兵」——啟動。檢查系統。』

『腳部線束——確認已連接，完畢。』

『「弗麗嘉羽衣」——正常啟動，開始連結。』

『確認主迴路——正常。』

『確認備用迴路——正常。』

子視窗於通知處理終端追加裝備已正常啟動後關閉，辛短促而犀利地呼一口氣。他置身於僅有光學顯示器作為光源，陰暗狹窄的駕駛艙中。

出擊命令即將下達。

追加裝備管制用的全像視窗上跳出了那些文字。

『前進路線淨空。』

『「弗麗嘉羽衣」──展開。』

†

「好戰女神開始行動了啊。」

看見命名為「弗麗嘉羽衣」的新裝備──獲得其恩惠前進的機影，那個駕駛員面露冷笑。色澤骨白、冷豔且凶猛的齊亞德聯邦機甲，卓越性能確實夠資格冠上告死女神(女武神)之名。

不過──即使如此，面對他們這群以這巉巖戰場為地盤的獅鷲，低地機體無從得勝。

「來吧……」

薄唇笑著，展露出愉悅的笑意。

「我們走吧，各位。我們將從要塞奔下山嶺，如山羊般敏捷，如大鷲般殘暴。」

『演習狀況・第一階段結束。』

『第二階段開始。「弗麗嘉羽衣」卸除（Disconnect）。』

†

出現這些訊息後，展開的子視窗消失。爆炸螺栓啟動，將那件從駕駛艙內看不見的裝備炸飛。

緊接著……

一陣衝擊來襲。

「…………！」

超乎預期地，比以前唯一經歷過的那次更強烈的衝擊把「送葬者」向上踢起。辛咬緊牙關，撐過讓人險些咬到舌頭的震動——他這才想到，這次連緩衝板都沒有。

然後他察覺到一件事。

——第二階段？

轉瞬間，戰術狀況畫面上，顯示僚機「破壞神」的光點（Blip）有兩架忽然消失了。

這是……

『夏娜！』

『——有敵機！』

「送葬者」的光學感應器環顧周圍一圈，蒼鬱的森林戰場上沒有敵影。然而僚機的雷達或是光學感應器捕捉到的機影，卻透過資訊鏈以光點的形式顯示於全像視窗上——資料庫未登錄，身分不明的機體。

——敵機……不，也許是敵軍部隊。

這次規定一入侵敵軍支配區域，作戰就宣告結束。簡報會議時明明告訴過他們，這次沒有敵軍部隊布陣，因此也不用交戰。

這個念頭閃過腦海，但他搖了搖頭。

狀況隨時會變化。特別是在濃霧密布、無法看清敵人情況的戰場更是如此。

在視野邊緣，一個影子竄過綠蔭的狹縫。

一看見的瞬間，辛讓「送葬者」掉頭，即使那影子躲到了樹木後方仍毫不在乎地朝它開砲。

將秒速一千六百公尺的超高速轉換為穿透力，直徑三十毫米的鎢合金槍矛貫穿作為掩蔽的樹木，躲在後方的某種東西發出頹然倒地的冰冷巨響——既然是被貫穿立木後速度衰減的砲彈擊毀，可見敵機裝甲應該不厚。

巧的是這點跟「破壞神」——以及它的這架衍生機「女武神」正好相同。

至於資訊鏈上的僚機，此時此刻又已經有十架以上失去了訊號——看到「獨眼巨人」的光點消失，辛瞇起一眼，不敢相信竟然連西汀也被擊敗。即使說是因為遭受奇襲，敵軍戰力依然不可小覷。

「──戰隊各員。」

辛「聽不見」這個敵人的悲嘆。他謹慎地盯著光學顯示器開口了：

「敵機雖具有高度機動性能，但裝甲薄弱。不用在意一點小掩蔽，儘管開火。不要想依賴我的搜敵能力，由小隊聯手行動，進行偵測──」

一個影子射入「送葬者」的腳下。

那不是既像四腳蜘蛛，又像匍匐無頭骷髏的「破壞神」的影子。同樣是四腳，但就像一頭巨大野獸──是另一種機體。

「……！」

「送葬者」向後跳躍退開，緊接著是激烈的震動。

鐵樁般的金屬槍矛刺進「送葬者」原先所在的位置，簡直就像被隱形巨人踢了一腳般挖開地面，飛射出大量土塊──高周波槍。一樣如同「女武神」的破甲釘槍，具備了以炸藥擊出，捶進極近距離內敵機身上的發射機構。

『──哦！』

飛進駕駛艙的聲音讓辛瞇起了眼睛。那是敵機裡的敵人發出的聲音──敵機的駕駛員是故意開啟外部揚聲器，讓他聽見自己說話。

那嗓音宛如弦樂器的音色，是聲調華麗、婉轉動人的女低音。

狼毛般的焦茶色機影著地。如同資料庫顯示為不明，辛沒看過那種讓人隱約聯想到獅鷲的外觀。任由右肩頭獸牙般的高周波槍閃閃發光，機體將發射導軌拉回，高周波槍隨著沉重金屬聲重新裝填於射擊位置。

敵機想必是從樹林另一頭聳立的懸崖上衝下來的。那是儘管重視高機動性，但基本上設計成以平地市區或森林為主戰場的「女武神」模仿不來的機動動作。對方機種重視的不是水平方向，而是垂直方向的機動性能。

如野獸般成對，連那金色都具有獸性的光學感應器嗤笑般閃爍。

『哦，連這個時機的襲擊都能夠躲掉啊？根據情報指出，你能聽見的不是只有「軍團」的聲音嗎？』

辛繃緊神經，瞇起一眼。

不像自己這邊幾乎沒有對手的半點情報，敵軍部隊似乎對他這邊的情報有所掌握。

不過，那又怎樣？

「……我聽不見，難道就不會用想的嗎？」

辛本身按照簡報說明的那般封鎖無線電，只以知覺同步與僚機的處理終端相連，因此這句話不會傳給敵機。所以他並不是回嘴，只是自言自語。

別把我看扁了。

八六們呆愣地看這場戰鬥看得出神。

在映照於光學螢幕的蒼鬱森林戰場中，兩架機甲兵器酣戰不休，幾乎不分上下。

沒錯，不分上下。

這種景象讓八六們愣住了。

因為至今從沒有人能與這些代號者當中，他們那如今甚至能單騎技壓重戰車型的死神並駕齊驅——而且還是在近身戰當中。

同樣地，敵機的那些駕駛員也愕然無語。

沒想到居然有人，能追上他們敬畏、引以為傲的英雄公主的槍矛亂舞。

敵機與「女武神」同樣是在設計理念上著重機動戰的機體。

與彆腳的駕駛員會弄傷身體，以遊走人體極限邊緣的運動性能為傲的「女武神」相比，在速率範圍上幾乎可說不分軒輊。

但就敵機而論，還是高機動型比較快。

辛專注於戰鬥，以極度清晰的意識如此思考。

雖然現在得到了「女武神」，不過在長達七年的戰鬥經歷中，辛大半歲月駕駛的都是「破壞神」。那是性能差勁到被八六們揶揄為「會走路的棺材」，速度奇慢的劣質機體。

駕駛過像「破壞神」那種機體的辛，慣於以行走系統脆弱、速度緩慢的自機與敏捷到不合理的「軍團」們展開近身戰。假如性能不分軒輊，他不會敗給「這點程度的敵人」。

面對擲射而來的高周波槍，辛在擊發的前一刻低姿勢向前衝，讓這發擲射撲空。他於錯身而過的同時把高周波刀一揮，將擲射用導軌從中切斷，接著順勢改變刀刃的方向，將它砍進敵機的胴部。

獅鷲獸於千鈞一髮之際向後跳開閃避。辛即刻追擊，消除一瞬間拉開的間距。他於踢踹地面的同時把鋼索鉤爪射進獅鷲獸的後方，利用捲線的動作加快疾走速度。雖然配備大倍徑八八毫米砲的「破壞神」早已失去了砲擊距離，不過「破壞神」於腳部擁有破甲釘槍，光是踩踏都能變成攻擊。

著地的瞬間，除了緩衝系統之外還需要一個關節吸收衝擊動作的機甲——屬於其中一種的獅鷲獸即使看見「送葬者」的追擊動作也無法立刻反應。

本來應該是這樣的。

獅鷲獸的一雙眼睛狠戾地嗤笑。

向後跳開著地的後腳，其中一隻勾住迅速拉長繃緊的鋼索。它用另一隻後腳先著地，接著扭轉機身加上旋轉動作，以那隻腳為軸心轉了一圈。

而且仍然讓連向「送葬者」的鋼索纏在腳上。

「────！」

「送葬者」被拖得失去平衡，機體在遭到拖拉的狀態下被迫進行預定之外的加速，比預料中更快到達敵人的跟前。辛還來不及反應，高周波刀的無刃刀背先被踩住，失去攻擊力。

即使如此，辛仍使勁彎曲一雙前腳逼近機師座艙，勉強讓刀鋒刺中敵機的裝甲。

切換裝備選擇，擊發。

「送葬者」的兩具破甲釘槍準確無誤地貫穿敵機座艙。

同時在緊貼磨亮白骨般裝甲的距離下，敵機的短管戰車砲咆哮了。

†

†

『演習狀況結束。』

自機．嚴重損毀。僚機殘存數．五。敵機殘存數．零。

辛一面看著顯示的最終結果，一面打開「模擬器」的座艙罩。

雖然從他這邊看不到最後搏鬥的那架敵機結果如何，不過似乎是不分勝負。讓勝負以平手作結的不知是是對方，還是自己。

總而言之，辛走出仿造「女武神」駕駛艙的模擬器，背靠著流線型的機台呼了一口氣。這就是「狂怒戎兵」——是以測試中的新裝備做成的模擬器成品。後半稱為第二階段的模擬戰鬥先姑且不論……

——這在習慣之前，恐怕很難駕馭。

彷彿全身血液與內臟上飄的加速度，雖然不是前所未有的體驗，但時間沒這麼久。而且五感會產生混亂，弄不清楚自己朝向哪個方向。

在模擬器一字排開的虛擬訓練室，裡面理應無人的座艙罩打開，駕駛員走了出來。

盟約同盟的機甲為了提升操縱性，駕駛員會與機體直接進行神經接續，以輔助操縱。沿著脊椎一路貼到脖子後方的軟線鬆開，如蛇一般扭動著前端一一掉在駕駛艙內。

慢了一拍後跟上軟線的軌跡，整把綁在高處卻還長及大腿後側的黑色長髮散落下來。

「……雖然早已耳聞你技術高超……」

「——『女王』還是一樣保持緘默，不過讓你們碰面似乎奏效了。」

在玻璃牆圍繞的簡報室，兩人俯視著虛擬訓練室。對著不站在自己身旁而是拘謹地後退半步的葛蕾蒂，那位步入老境的女性將官說道。她有著染紅的長髮與青玉種的藍色雙眸，謹嚴端正的姿勢彷彿身體以鋼鐵為脊柱。

她正是盟約同盟軍北方防衛軍總司令，貝兒・埃癸斯中將。這位女中豪傑在之前的電磁加速砲型討伐戰當中，曾代表盟約同盟參加對策會議。

「昨天審訊的照片經過分析，發現那玩意兒在諾贊上尉的呼喚下稍有動作。應該可以將它視為一種反應。」

在建國以來不分男女施行徵兵制的——從不將兵役視為男性專屬義務的盟約同盟，男性與女性在講話方式或舉止上比較沒有性別差異。特別是軍人，為了預防命令或傳令的錯誤解釋，交談會選擇簡潔明快的用詞，因此幾乎無法從講話方式分辨性別。

「……不過上尉對『軍團』而言是極有價值的目標，也可能只是對此起了反應。」

「您可別要求讓上尉站到它面前喔。」

「我不會這麼要求……不過，假如本人志願的話，那我也沒有理由阻攔。」

一瞬間。

兩位女性軍官之間產生一種冰冷、一觸即發的緊張氣氛。

「埃癸斯中將……關於那件事，那樣會讓我很困擾的。他現在是我的部下，在會面之前，請先經過我的同意。」

「就是因為聯邦軍人會這麼說，『他們』才會故意挑你們來到盟約同盟的時候行動吧……盟約同盟是中立國，不會選任何一邊站。」

只有與人類公敵「軍團」對峙時例外。

即使如此，埃癸斯中將恐怕也不是無動於衷。她繼續俯視著八六們，沒看向葛蕾蒂便繼續說道。那張側臉就像一位嚴厲冷峻的祖母注視著在庭院裡玩耍的孫兒。

「上校，我只是自言自語……日前在共和國的西方，已經確認到極西諸國仍一息尚存。」

屯駐於共和國，此時仍致力於收復北部疆域的聯邦救援派遣軍，以及聯合王國西部的屯駐部隊都各自與那些國家成功進行了通訊聯絡，目前正在交換雙方狀況的相關情報。

「的確，『那個國家』是很邪惡。但要是過度冷落了他們，讓他們轉往極西方面——倒向那個狂國也很麻煩。」

……的確。

「感謝您的用心，埃癸斯中將。」

將軍靴鞋跟踏得喀喀響，那人走了過來，邊走邊靈活地解開髮帶，用熟練的動作把黑瀑般傾瀉的頭髮撩到背後。

「但真沒想到只能勉強與你打成平手……你真有本事，我都差點要被你迷倒了。」

可能是牆面材質的影響，來者的嗓音帶點回音，是宛如弦樂器音色的女低音。美妙婉轉的嗓音以慣於下令的清晰音質傳入耳裡。

淡雅飄香的甜蜜香水是六月的玫瑰，一身筆挺的盟約同盟深枯葉色軍服打扮配上中性的容貌，讓人聯想起盟約同盟敬奉的，獨立戰爭中的男裝英雄公主——安娜瑪利亞的雕像。

辛見過這個長相。

在兼做模擬器說明的簡報會議上，他跟這名即將派遣至機動打擊群的人員打過照面。記得名字叫做——

「那麼，容我重新自我介紹——奧利維亞．埃癸斯上尉。在『狂怒戎兵』的運用方面，今後將成為你們的指導教官……剛才那場對戰實在打得精采。」

「久仰大名，埃癸斯上尉。機動打擊群第一機甲群，辛耶．諾贊上尉。」

「請多關照……喔，還有，叫我奧利維亞就好，講話也不用這麼客氣。雖然我因為比較年長資歷或許較老，但反正雙方都是上尉嘛。」

講到這裡，奧利維亞上尉偏了偏頭。

「不對，莫非其實你的資歷比我老？聽說你們這個年紀的八六從軍時期都異常地早，又說戰隊長都被當成上尉。你是從幾歲起——……？」

「在第八十六區的軍階就如您所說都是憑空捏造的，因此我想應該不能列入在任期間。」

「講話一定要這麼客氣就是了吧……那麼，你是幾歲從軍的？」

「……十二歲的時候。大約已經六年了。」

「原來如此……下官失禮了，諾贊上尉閣下。」

奧利維亞促狹地敬禮。

辛抬頭看著奧利維亞苦笑——即使是他也看得出來，這個人是想早點與他混熟，才會裝出這種滑稽的態度。

「實在沒想到明明說是先體驗一下『羽衣』的機動性能而接受模擬訓練，卻忽然打起模擬戰來了。」

「哦？我在簡報時沒說明嗎？我以為我有說在實戰展開『羽衣』之後一定會與『軍團』交戰，所以本次模擬訓練會由我的『安娜瑪利亞』——我等盟約同盟的『貓頭龍』充當假想敵機（Aggressor）。」

「我從沒聽說過。」

「哎呀……我真是粗心，竟然忘記說明了。」

奧利維亞用明擺著說謊的口吻與表情稍稍睜大眼睛、轉了轉眼珠。看來這個人從一開始就打算來場奇襲。

「『安娜瑪利亞』最後的機動動作——如果不是確定我會如何行動，是絕不可能做出那種動作的。可以請上尉公布答案了嗎？」

那種一著地的同時纏住「送葬者」的鋼索鉤爪消除間距的動作。

在腎上腺素的作用下感覺時間被拉長，但實際上是需時不到一秒的動作與判斷。等看到鈎爪射進地面才展開行動就太慢了。當時奧利維亞是在鈎爪射進地面之前就已經預測到了。

「抱歉，這是機密事項。我只會在一種情況下說出來……就是你成為我的敵人，敗亡在我手下的時候。」

「…………」

「開玩笑的……就跟你一樣。我是一般所說的異能者。」

奧利維亞的藍眼睛笑著。

一雙極具特色而深邃的——青玉種（Saphir）的眼睛。

這是青系種的貴種，換言之就是可能繼承古代異能的血統。不過從那頭炭色黑髮來看，奧利維亞似乎也承襲了黑珀種的血脈。

「我父親的家族過去曾是林卡州的豪門，繼承了預見未來的異能。不過由於經過幾次混血使得血統變弱，我能看見的頂多只有三秒後的未來。」

「——原來是這樣……」

所以奧利維亞駕駛的「貓頭龍」——「安娜瑪利亞」才會配備現代戰爭不該有的，強化近戰能力的裝備？辛將自己的事放到一邊如此心想。

雖然奧利維亞說不過也就三秒，但戰鬥中的三秒卻是很大的優勢。特別是於分秒毫釐之間決定雙方生死的近身白刃戰當中，能看見「遠在」三秒之後的狀況會造成極大差距。

假如，雙方再戰一場……

正當辛思考著下次可以如何因應時，奧利維亞似乎看穿了他的心思，苦笑起來。

「從大尉這表情看來，一定是在想下次要如何贏我吧。看你一副文靜的臉孔，想不到意外地不服輸啊。」

「……因為輸了不扳回一城，不合我的個性。」

辛是不會幼稚到希望能比誰都強悍……但自從當初坐上戰隊長的位子以來，他從未將這個地位拱手讓人。

「我是覺得那不算是你輸，終究只是不分勝負啦……不過或許就是因為你這好強的性子，才能帶來那種實力與戰果吧。聽說那架叫做什麼高機動型的新型『軍團』，最後好像也是你一個人擊毀的？」

辛回望過去，盟約同盟的上尉聳了聳肩。

「我們接受了貴國提供的情報。盟約同盟以外的任何勢力範圍都是。」

臉上分明是笑容，聲調卻有些煩躁，就好像對什麼事情嚥不下一口氣似的。

「雖說開發『狂怒戎兵』總算讓我們還了這筆人情債，但一想到至今聯邦或聯合王國單方面提供的情資或技術，我雖然感激在心，不過坦白講也有點氣惱……因為我等盟約同盟絕不能接受別人的施捨。」

「哎呀哎呀，真不好意思，米利傑上校。您正在放假旅遊，我卻硬是請您撥空與我會面。」

「……不會。」

地點在陳設比照古代樣式，與本館稍有距離的浴場館裡的休息廳。在這以合成染料重現的骨螺紫（Tyrian purple）空間裡，蕾娜與一個令她不太愉快的對象隔著桌子對坐，進行禮貌性的交談。

對方跟自己同樣身穿深藍軍服，來自共和國。

「久聞上校的彪炳戰功多時了。先是解放遭到臭鐵罐們占領的共和國領土，接著又為聯合王國解困。哎呀，真是太了不起了，不愧是我等共和國引以為傲的戰爭女神，堪稱聖女瑪格諾利亞再世啊。」

「那些都得歸功於擁有機動打擊群的聯邦與提供支援的聯合王國，尤其是在機動打擊群擔任處理終端的八六們。我什麼都……」

「上校說的這是什麼話？包括我在內，國內所有人都堅信這一點。」

配戴著中校階級章的這個中年男性，面對年齡小如自己女兒的蕾娜一副惶恐的模樣，縮起圓胖的身軀。

在「軍團」戰爭爆發前可能是一名教師吧。避免嚇到孩子的篤實且好性情的微笑彷彿固定在他那溫厚的圓臉上。

「大家都確信憂國騎士團所說的話果然不假——只要由我等共和國的優秀軍官來正確管理，

即使是血統低劣的八六也能成為對抗『軍團』的有效手段。」

蕾娜的表情頓時變得緊繃嚴峻。

又來了——還在說這種話。

蕾娜的此種厭惡感——以他人而非自己為對象的厭惡感受，被接下來的一番話徹底粉碎。

「『正如同您所體現的理念一樣』，芙拉蒂蕾娜·米利傑上校。因為『身為共和國國民的您指揮的機動打擊群』——『八六們組成的部隊』在『軍團』戰爭中打下了一連串無人能及的亮眼戰果。」

「……！」

一陣彷彿頭部遭到毆打的衝擊來襲。

那是憂國騎士團的——被八六們喚做洗衣精的派系，提出的主張。

只要由身為優良種的共和國白系種進行指揮，即使用的是血統低劣的八六，共和國絕不可能敗給區區「軍團」。

這種令蕾娜感到噁心，而且更是可恥的、背離事實的胡言亂語……

竟然偏偏被她自己證明了——……？

「我……」

她勉強張開在衝擊之下僵硬凝滯的嘴說道。

「我重申一遍，第八六機動打擊群是聯邦的部隊。過去被稱為八六的少年兵們，現在已經是聯邦國民，是聯邦軍人。不能因為我是共和國軍人就——……」

「一將功成萬骨枯——戰功屬於將領，而非那些兵卒。機動打擊群在您的指揮下建立的功績當然是屬於您——我等共和國的。絕不能像現在這樣讓聯邦搶了戰功或那些八六……必須要求他們立刻歸還與我國才行。」

「聯邦是保護八六免於共和國的迫害，不是……」

「豈有此理！拿保護當藉口搶奪他國的資產，您難道以為這種歪理說得通嗎！把豬當成家畜對待很不人道，所以就可以任意掠奪嗎！何來這種說法！」

「真要說的話，八六——他們是人類，既不是資產也不是家畜……」

磅！用力拍桌的聲響打斷她。中校挺出上半身，與蕾娜相同的白系種雪銀雙眸定睛瞪著她。

就像在死命哀求什麼。

「……請不要這樣胡說八道。那是聯邦為了毀謗我等共和國而做的政治宣傳。身為共和國國民的您不該講出這種話來。」

「…………」

我——我是……

「求求您，上校，幫助我們吧——我不想讓我的學生上什麼戰場。我不想讓任何一個孩子死啊。」

相反地，讓八六再次上戰場捐軀則無所謂。

啊啊……蕾娜會過意來了，心裡有種感慨。

她知道共和國人為何到現在還反覆強調八六不是人類，洗衣精又為何會受到共和國國民的支持了。

因為如果不奪回八六，不重新建立起只讓他們作戰，維護共和國國民安全的第八十六區系統的話……

下次被迫站上「軍團」支配的絕命戰場的——就是共和國國民了。自己。

竟然偏偏是自己，向他們體現了曾一度失敗的防衛系統的有效性——……？

啞口無言的蕾娜整個人沉入沙發，虛脫感與對自己的失望令她頭暈目眩。

自己……都怪自己眼光短淺。

害得有尊嚴的他們，被別人叫成什麼人型豬玀。

「上校，您不也是共和國人嗎？您不愛自己的祖國嗎？您的意思難道是說，讓我等共和國沒有罪過的孩童上戰場也無所謂嗎！」

喀一聲地軍靴的跫音靠過來，在不至於失禮的位置停下。

「——一個人會對祖國產生情感並懷抱忠誠，這點無祖國的我即使沒有實際的感受，但也能理解。」

那嗓音把蕾娜嚇了一跳。沒想到竟然會是「他」。

因為平常的他即使穿著硬底軍靴也不會發出腳步聲，況且他現在應該在附近的基地才對。

「但是說不為了祖國罔顧別人的性命就叫不愛國，未免有點太牽強了吧。」

辛用一如平素的沉靜嗓音，以及靜謐的眼光說了。

「辛……『上尉』。那個，你現在不是去演習了嗎……」

「已經結束了。才剛回來，芙蕾德利嘉（吉祥物）就跟我說有個奇怪的訪客，所以過來看看。」

原來他是過來關心狀況。

蕾娜頭一個感受到的不是安心，而是羞於見人。整件事不知道被他聽到了多少。

眼前這個與自己同樣身穿共和國軍服的男人不停侮辱八六的原因，不曉得是否也被他聽見了。

要是被他聽見了，不知道他會怎麼看待自己。

至於中校則是愣愣地回看辛，一副沒想到不敢反抗人類的狗會對自己吼叫的表情。

「莫非你就是上校飼養的八六？還穿得人模人樣的，真是混淆視聽……現在是我們人類在說話，請你弄清楚自己的分寸退下。」

「對，就如你所說的，我是八六。不過——不，正因為如此，」

辛淡定地說著。

用一種不卑不亢，只是陳述事實的聲調。

「你沒有資格瞧不起我，共和國人。不只你，誰都一樣。」

蕾娜心頭一驚，瞠目而視。

辛至今從來不曾這樣回嘴。

至今別人對辛的侮蔑，他總是不當一回事地聽過就算了。他說反正不管說什麼，白豬都聽不進去，也不可能理解。

他絕不可能是改變了想法。

辛一定還是認為他們不會聽進去，把他們當成嘴上講人話，其實卻聽不懂人話的愚蠢豬玀。

即使如此，辛已經用言詞與淡漠平靜的眼神嚴峻地表示，他再也不會任由他人侮辱自己。

「弄清楚你的——」

「正因為我很清楚，所以才會這麼說。我既不是家畜也不是無人機的零件……如同在大規模攻勢中毀滅的共和國與共和國民，也不是超越於人類之上的優良種一樣。」

「這件事情我要向聯邦提出嚴重抗議！」中校拋下一句除了死不認輸外什麼都不是的唾罵後離去，辛一臉覺得無聊的表情看著他的背影。

「不知道那個男的以為去跟聯邦的有色人種抗議，說他沒把同樣有色的骯髒人種當成人類竟然遭到反駁能得到什麼。」

「……辛，真對不起。」

「蕾娜不用為這件事道歉。況且就如同我以前說過的，我並沒有放在心上。」

「…………」

蕾娜用放在膝蓋上的手緊緊捏住了裙襬。

捏住深藍色的，與辛的鐵灰色不同的共和國軍服。

「可是……我還是覺得很抱歉。」

「……蕾娜這麼想道歉的話，我不會阻止，也不會再說妳跟共和國人不一樣……只是——」

蕾娜反射性地抬頭看他，發現那雙血紅眼瞳注視著自己。

眼中映照出低垂著頭的蕾娜，帶著些許哀傷與關懷，極其真摯地。

「妳是共和國人，但同時也是我們八六的女王。請不要在這種時候漠視這項事實。」

「——哦……辛耶那小子，神情愈來愈有男子氣概了哪。」

「該怎麼說呢？妳是不是可以適可而止了？」

芙蕾德利嘉在跟蕾娜他們不同的另一棟樓的休息廳。她坐在貓腳沙發上一面讓雙眸發出異能的幽光，一面忍不住高傲地點頭，被傻眼到極點的維克吐槽。他一手拿著的行動裝置全像式顯示器偵測到視線偏離，自動關閉。

「我是能明白妳擔心諾贊的心情，尤其是看過他在聯合王國的樣子。但妳差不多也該離開哥哥獨立了吧。」

「余這是在默默守護著他！」

芙蕾德利嘉像隻小猛獸似的吼著回答，讓維克覺得有點煩。辛常常陪這個有點臭屁的吉祥物耍任性，明明兩人只是同樣具有血紅眼瞳與漆黑頭髮，又不是兄妹或什麼的。

……話說回來，眼前的這個少女是有著何種因緣際會才會待在機動打擊群？

維克也知道過去的帝國軍有著所謂的「勝利女神（吉祥物）」，他猜想應該是哪裡的大貴族拈花惹草生下的種，但哪裡不去，怎麼會偏偏加入這種部隊？

芙蕾德利嘉氣鼓鼓地閉上眼睛。

「不過汝說得對，繼續看下去是太不知趣了……席恩那邊怎麼樣了？機動打擊群是否平安建立了戰果？」

機動打擊群目前由第二機甲群的梅霖．席恩中尉代替辛擔任總戰隊長，率領第二、第三機甲群受派前往大陸北方沿岸的小型城邦；維克剛才正在用行動裝置收看新聞節目，確認戰況。

「當初目的似乎已達到了八成，只是又被迫在敵軍中突圍了……不過既然報導得這麼大，想必應該沒太多人員傷亡。」

「…………？」

「機動打擊群表面上至少是抵抗『軍團』淫威的精銳部隊，是聯邦的最終王牌。以戰火平息之日遙遙無期的現況而論，政府不會讓民眾知道他們的苦戰甚至是敗北。因為那樣會維持不住士氣。」

芙蕾德利嘉聽敏地聽懂了，皺起眉頭。任務不能失敗、不能敗北的部隊……

「……這就表示他們這個英雄部隊必須永遠當下去了……」

「畢竟八六本來就具備了所有堪為英雄的條件。」

引人關注的逸聞、精練勇銳的實力，以及——悲劇。

某個救世主如果沒有被釘死在架上——恐怕連名字都不會流傳後世。

「汝的部隊也平安否？」

「沒報導到，不過——哎，應該平安吧。別看那小妮子那樣，關於任務『不知為何』總是使命必達……雖然任務以外的部分讓人不安就是。」

「你說柴夏啊……的確，她那個人實在教人擔心。」

維克說的是與他一同調任至機動打擊群，擔任他直轄聯隊副長的少校。如今維克在盟約同盟逗留，由她代為指揮聯隊。

只是她體格嬌小又戴著土氣的眼鏡，走在走廊上會滑倒，爬樓梯會把資料撒滿一地，又總是被維克耍得團團轉而哭喪著臉，是個非常懦弱而不可靠的女孩。

附帶一提，柴夏其實是維克替她取的綽號，意思是「小兔兔」，但八六們聽了以為是名字，所以都叫她柴夏少校。

「別看她那樣，包括術科測驗在內，她應該是第一名畢業的……總而言之……」

「……汝說什麼？」

維克裝作沒聽見芙蕾德利嘉的戰慄呻吟。

「把任務交付給屬下卻又不放心，不是作為君主該有的態度。我相信她這次一樣會設法達成使命的。」

芙蕾德利嘉沉默了一瞬間。

君主——王者，或是皇帝。

「汝不是不繼承王位嗎？」

芙蕾德利嘉是早已失去臣民與國土的皇帝（王）。

即使如此，芙蕾德利嘉仍自詡為皇帝（王）。

直至今日，她沒能盡到任何一點為王的責任——這一直讓她暗自後悔。

「汝無意為王——當不了王，卻仍以王侯自居嗎？」

維克稍稍偏了偏頭。

他不懂芙蕾德利嘉明明不是王侯，為何還要問這種問題。

「因為我希望我能如此啊。」

†

雖說待辦的事情很多，但就連理應最忙碌的辛，日程表上都意外地有空檔。

今天一整天都是自由時間，但辛似乎是忘了，直到當天吃早餐時才約蕾娜出去走走。

「如果妳有空又不介意的話，我們可以去散散心。」

「嗯，我有空，我要去！」

被上次那個中校弄得心情有點鬱悶的蕾娜彷彿想一掃陰霾似的用力點頭。

渡過鄰接飯店的湖泊，就能抵達距離最近的城鎮。兩人搭乘感覺就像路面電車或大都會鐵路那樣來來往往的渡輪，前往極富盟約同盟特色的紅屋頂市區。

無論是邀人的辛或受邀的蕾娜都沒有什麼特定目的。兩人逛逛市區中央廣場的攤販市場，買沒看過的點心吃吃看，駐足欣賞訓練有素的貓進行街頭表演，蕾娜還被民間工藝的奇怪人偶吸引目光，看了好久。

「……不知道狄比學不學得會那種表演？像是跳躍，或是後空翻。」

「狄比應該辦得到，但我想蕾娜可能狠不下心訓練牠，因為妳很寵狄比。」

「……唔。不是我寵狄比，是辛對牠太冷淡了。可是狄比卻比較黏你，我可是一直覺得很不公平喔。」

蕾娜因為被挖苦而繃起一張臉，卻有一陣笑聲落在她的身上。聽見那道聲音，蕾娜不知怎地覺得好幸福，最後自己也笑了出來。

除了他們之外，好像還有很多處理終端來玩，在人群中不時會與認識的面孔擦身而過，對方會簡短地跟他們打聲招呼，例如「哦！是蕾娜跟辛呢——」或是「那邊賣的油炸點心很好吃喔」

之類。

作為貿易國家，盟約同盟自古至今不斷吸收山脈南邊的各國文化，因此無論對於在共和國出生長大的蕾娜還是居住在聯邦城市的辛，此地光是街景就足夠讓他們感到新鮮了。特別是蕾娜祖國國土地形平坦，又看慣了土地經過進一步整平的貝爾特．艾德．埃卡利特，光是看到盟約同盟這個疊嶺層巒的山岳國家整個城市都是陡峻坡道，心裡就覺得又稀奇又興奮。

路上行人多為藍眼銀髮或金髮的青系種，蕾娜無意間想起終究沒有機會謀面、名為戴亞的少年也是這種種族。當初就是他把狄比撿回來的。

「在第八十六區大家也都說，不知道為什麼，狄比就是跟辛最親近……那時候牠還沒取名為狄比，我們也都不知道對方的名字與長相。」

「當時我還以為妳遲早會玩膩，不再與我們聯絡呢。」

抬頭一看，辛正在把路上紀念品店買來的彩色明信片收進肩背包。

說是要寄給祖父母的。辛跟爺爺諾贊侯爵以及外婆邁卡女侯爵有定期聯絡，雖然還只有一個月的交流，雙方之間尚且有點生疏，不過似乎都在努力與對方成為一家人。

兩年前的辛只把蕾娜當成自以為是聖女的「管制一號」，而現在不同了。

同樣地，辛原本與祖父母避不見面，現在則希望能建立起親情，這跟不久之前的他有著巨大的不同，讓蕾娜心裡很高興。

雖然高興，但也產生了一點點……寂寞的心情。

「特別是聽過凱耶的聲音後……我以為妳不會再與我同步了。」
「喔……其實，我那時有點害怕，所以遲遲沒能下定決心……結果拖了那麼久才同步。」
「我真的大吃一驚。呃不，我不是說時間。因為暴露在那麼近距離內的『軍團』聲音當中，還試著與我同步的指揮管制官，就只有蕾娜一個人。」
忽然間，辛用一種望向遠方的目光仰望天空。那是屬於夏季山地，清涼但眩目的澄澈蒼穹。
「……現在我覺得，幸好那時候沒有就此永別。」
聽到他那種聲調……
蕾娜的肩膀跳了一下。
她覺得似乎不該再聽下去。
因為，她還沒做好心理準備……還沒做好覺悟。
「我、我跟你說……」
「咦，這不是諾贊嗎？」
突然有個聲音岔了進來，轉過去一看，是馬塞爾。辛似乎因為停下腳步而擋住了蕾娜，馬塞爾這時才看到她，露出尷尬的神情。
「……蕾娜也在啊。呃，看來我打擾到你們了，抱歉。」
「……不會……倒是你……」
辛看看馬塞爾與他背後那間紅屋頂的木樺建築店鋪，偏了偏頭。

「沒想到你會逛這種店。」

櫥窗與店面的架子上擺滿了可愛布偶，看來是一家玩具專賣店。站在滿是盟約同盟的傳統工藝品——軟蓬蓬山貓布偶的架子前，尖硬髮質配上三白眼的馬塞爾顯得非常突兀。

「啊——是啊，難得有機會出國，想說買個紀念品給妮娜。」

馬塞爾一邊唸著「但我不太會挑這種東西」一邊環顧大大小小的各種布偶。那張側臉在煩惱該買手上那隻大小與價格適中的布偶，還是既然機會難得，就買再貴一點但是大到可以讓小小孩抱住，放在架子最高處的那一隻給她。

辛稍微想了想後，從錢包抽出一枚紙鈔拿給他。

「那麼，麻煩也算我一份。」

馬塞爾先是露出稍顯驚訝的神情，爾後咧嘴笑了起來。

「好，我會跟她說是哥哥的朋友送的……我沒跟她講太多，她不會想到那裡去的。」

馬塞爾好像想到了什麼而急著補上一句，但蕾娜不懂這話的意思。

「……等有一天很多事情都平靜下來，你願意去看看她嗎？尤金好像有在信上提過你，說伯母很想見你，而且妮娜到了會記住事情的年紀時一定也會想知道。不過還是希望你別把最後的情形告訴她就是了。」

辛苦笑後聳聳肩。

「好……畢竟我也不想再被罵了。」

「就跟你賠不是了嘛……那我閃啦，打擾你們了。」

馬塞爾吃力地把大的那一隻布偶抱下來，一手夾著走向後面的櫃檯。店鋪玻璃門上的鈴鐺聲響與店員及馬塞爾的招呼聲重疊在一起。

蕾娜自始至終沒插嘴……應該說無法插嘴，目送他的背影離去後問道：

「他說的那些人是？」

無論是妮娜還是尤金，都是她沒聽過的陌生名字。

「是我在特軍校的同梯，以及他的妹妹……按照恩斯特的意向，我還有萊登他們被送到不同的特軍校，我就是在那時候認識他的。」

這讓蕾娜想起，從軍械庫基地前往聯邦的其他基地時，偶爾會有隸屬於該處基地的軍人跟辛、萊登、賽歐、可蕾娜或安琪打招呼。除了看得出來是同梯的幾名少年之外，還曾經有年長的士官或軍官來道謝，說是之前受過幫助。

這些人，蕾娜一個也不認識。

「尤金在大規模攻勢前就戰死了，不過馬塞爾認識他似乎比我更久，也見過他妹妹。我跟他妹妹也不是完全素不相識。」

「…………」

說的都是蕾娜不認識的人、沒聽過的事情。

仔細想想，這也是理所當然的。

辛自從去特別偵察然後抵達聯邦，至今已經兩年了。

這兩年間，辛都在聯邦過活。他在聯邦過了兩年的生活，建立了人際關係的基礎。不只是葛蕾蒂或馬塞爾，他還結識了很多蕾娜不認識的人，與他們互相寒暄並維繫情誼……即使離開第八十六區的戰場，他依然用自己的方式活得好好的。

在沒有蕾娜的聯邦。

這件事不知怎地，又一次——讓她有一點點寂寞。

「……身為參謀長的你，怎麼會特地……」

「妳是問認真的嗎，葛蕾蒂？不是妳向我報告，說共和國的軍人沒向聯邦通知一聲就擅自前來訪問？」

在視線前方，維蘭・埃倫弗里德參謀長悠然坐在一人用的沙發上，臉上浮現一如往常的冷笑。

由於他是臨時訪問，葛蕾蒂趕緊讓飯店準備了這間客房。

「畢竟這次旅行是我企劃的嘛。心地善良的我只是擔心遭到不知趣的白毛頭(Weißhaarig)無禮騷擾，會害那些八六心裡難受，所以來看看情況罷了。」

這種言詞讓葛蕾蒂揚起一邊眉毛。

經過夏綠特市地下鐵總站的壓制作戰，維蘭參謀長不可能不知道，八六們事到如今根本不會把一兩個共和國人放在心上。實際上只有蕾娜一個人介意。

「表面上是為了這個，是吧？」

「這個房間已經『打掃』乾淨了，有話直說吧。」

意思是：這裡雖然是外國的設施，但不用擔心被竊聽。

「不用說也知道，你們人在這裡是機密事項。米利傑上校的行蹤也不例外。」

部隊的配屬或運用狀況都屬於軍事機密。無論是機動打擊群第一機甲群進入休假期間的事或是為期多久，外人都無從得知，更別說其中部分人員在盟約同盟逗留的事了。

換言之……葛蕾蒂瞇起一眼。

那個中校，是根據他本來不應該知道的情資來拜訪了蕾娜。

如同不知為何「軍團」竟然掌握到機動打擊群嚴加保密的動靜，而對他們發動過奇襲一樣。

「中校的訪問反而證明了他們能夠竊取外流的情報呢。」

「包括背後關係在內，他們也太粗心了。不過共和國的正規軍人早在十年前就為了祖國捐軀，現在那些傢伙與外行人無異，所以也無可厚非吧。」

說完，維蘭參謀長聳聳肩。

那位總是如影隨形的副官只有今天不在他的背後。

「聽說他被諾贊上尉趕跑，才剛到的第一天就碰了一鼻子灰回去了……即使如此，現在立刻去追的話應該能在歸途的半路上追上。畢竟這裡離共和國還遠得很呢。」

「結果按照正常方式跟它說話它也不理，那個女王到底是想怎樣啦。」

†

阿涅塔煩躁地唾罵出半個月前審訊官們大概已經吵過的怨言，坐在同一張桌子旁的辛只以眼睛轉向她。這間設置在地下的休息室位於審訊室所在的地下基地。

同席的維克與蕾娜也在思索與困惑下一語不發。

「它不就是有話要說才會叫你去找它嗎？故意跑出來讓你們抓到卻又悶不吭聲，到底想幹嘛啦！煩耶，這樣的話乾脆把控制系統拆了讀取記憶或什麼還比較快，麻煩死了。」

「我可能沒資格這麼說，不過妳這個人還滿可怕的。」

「雖說記憶的讀取目標不是加密的控制系統內部程式，而是直接取自她的腦部構造，但因為還是不能確定是否真能讀取成功，所以才會這麼謹慎不是嗎？」

「她的母親……那個，不能將她請來說服她嗎？」

「她離不開醫院。她已經病重到稍微粗魯對待就會立刻送命了，實在無法拿來充當人質。」

「……這樣啊。」

「蕾娜，還有，妳不用講這種違心之論沒關係。我聽得出來妳在勉強自己。」

看到蕾娜霎時垂頭喪氣，辛在心裡嘆氣。他明白蕾娜想幫忙的心情，但他不希望她露出這種飽受良心苛責的神情，講出不合她個性的殘忍想法。

……最近，蕾娜的樣子有點不對勁。辛本以為是因為洗衣精來過，但好像又不只這個原因，前兩天上街散心時也不時看到她露出略顯不安的神情。

「王子殿下，你有沒有辦法猜到那個女王為什麼不說話？」

「難倒我了。我跟生前的她也不過就是講過幾次話的交情罷了。況且那份訊息也可能只是用來引誘我或諾贊的陷阱……」

搞不好它壓根兒就不是瑟琳，不過維克可能是覺得想這個也沒用，所以沒說出口。

講到一半，維克皺起眉頭。

「再說即使一開始有提供情資的意願，說不定她並不想告訴『我們』。她的祖國是帝國，而聯邦是毀滅帝國的國家。就算撇開這點不論，瑟琳本來就不喜歡軍人——以及戰爭。」

辛揚起一邊眉毛。

「比爾肯鮑姆少校生前不是軍人嗎？」

「那我問你，你喜歡戰爭嗎？」

……有道理。

「她生前的確是軍人……但正因為如此，她才會厭惡戰爭。因為聽說她的哥哥也是軍人，並死於戰爭中。她說這就是她製造『軍團』的理由……那個故作冷靜透徹又彆扭的女人，還罕見地露出魔女詛咒世界般的神情呢。」

維克瞥一眼背後待命的蕾爾赫，自嘲般地聳聳肩。

「瑟琳本身也因為當時受的傷而縮短了壽命，我想她心裡應該也很焦急吧。若不是有那麼強烈又虛妄的執著，是不可能做得出『軍團』的……沒錯，『軍團』飛行型不是都沒有配備武裝嗎？與其說是禁規（防護裝置）或是敵我識別的精確度問題，我認為最大的理由是瑟琳討厭航空武器。因為剛剛提到的哥哥，就是死於攻擊機的友軍誤射。」

也許她是信不過那種東西。無論是航空武器——還是操縱它的人類。

然後，她一定很憎恨奪走家人與自身一部分性命的戰爭。

「……這樣去製造『軍團』豈不是說不通嗎？」

「我怎麼知道？……只是，破壞自己憎恨的對象即使不合理，卻是常有的事。」

破壞她像個魔女般詛咒過的世界。

「我只知道這些了……比起我，在你的記憶中有沒有哪些事情能作為線索？至少你父親跟瑟琳的交情應該比我深吧。」

「沒有……我想我可能從沒見過她。」

「行不通嗎……」

可能是想改變一下氣氛，阿涅塔誇張地聳聳肩。

「是沒什麼大不了，只是這麼說來，如果再多一點機緣巧合，王子殿下與辛從小就會認識了呢，說不定順便連我也是……嗚哇，好討厭喔……」

「說到從小認識……對了，諾贊，菲多後來怎麼樣了？我自從聽說共和國『無人機』的事情之後就一直覺得很奇怪，既然這樣，那個到頭來並沒有完成是吧？」

中間隔了一段奇怪的時間。

「……菲多？」

辛疑惑地重複一遍。現在怎麼會提到這個名字，而且是從維克的嘴裡冒出來？

「嗯？」維克偏了偏頭。

「你連這也不記得了啊，就是令尊研究過的人工智慧試作機啊。令尊嘟噥過他的小兒子——也就是你給它起了這個名字，沒辦法變更。」

原來說的不是「清道夫」菲多，而是另一個東西。

但是……很遺憾，辛不記得了。正確來說他對那東西隱約有點印象，但不記得叫什麼名字。

原來那個也叫菲多？辛這麼想的時候，「啊——」一旁的阿涅塔沉吟著說：

「就是那個像是用麵糰揉成的狗似的奇怪機器人吧。好像說是試作〇〇八號還是什麼的……是說……」

忽然間，阿涅塔半睜著眼看向了辛。

「你好像替『清道夫』也取了一樣的名字啊。原來你這傢伙不但命名品味奇差，還毫無進步啊。跟蕾娜有得比了。」

「妳如果是在說狄比的話，老實講這樣比較太侮辱人了。」

「好過分……」

蕾娜悄悄呻吟著抗議，但辛跟阿涅塔都充耳不聞。

「我聽說過你在第八十六區給寵物取的名字，根本半斤八兩。不如說從狀況來想，你比她更誇張啦。什麼雷馬克，這樣拐彎抹角的酸得到誰啊？」

「麗塔妳才是，妳那時怎麼忽然養起雞來了？而且明明是母雞卻凶得很，整天追著人跑。」

「你是想說我愛養怪寵物嗎？雞很可愛啊，後來大規模攻勢的時候牠幫了我很多忙呢，例如生蛋。」

「…………………………喔。」

「你這什麼臉啊！我廚藝比那時候好很多了啦！我可沒忘記喔，你看到我烤給你吃的餅乾，竟然還問我是不是怪獸！」

「那個以烘焙點心來說烤太焦了，而且還有三隻眼睛。」

「那我倒要問你，烘焙點心不能烤焦，那還有什麼東西可以烤焦啊！……看吧想不到了吧笨蛋笨蛋大笨蛋！」

「……打擾一下！」

被蕾娜強行打斷對話，不知不覺間像小時候那般開始為無聊小事鬥嘴的兩人這才恢復理智，安靜下來。

蕾娜不知怎地表情顯得很不高興，辛這才想起自己還沒在蕾娜面前用過麗塔這個稱呼，一種莫名其妙的罪惡感往心頭襲來。

「所以，那個叫做試作〇〇八號的小傢伙……後來怎麼樣了，阿涅塔？」

「……辛跟家人被帶去強制收容所時，就……妳知道的。它已經不在這世上了。」

看來是被弄壞了。不知是洗劫家裡時不小心，還是當成好玩打壞的。

「也就是說白白喪失了是吧……那還真是……」

維克搖了搖頭，既像哀悼又像嗤笑。阿涅塔用眼神問他是什麼意思，他聳聳肩之後回答：

「那個不同於『西琳』或『軍團』，是純粹研究來當作寵物的——但正因為如此，只要命令它為保護人類而戰，它應該會聽從。『軍團』不是人類，因此也不違反它作為人類摯友的存在理由。它應該會認為挺身戰鬥保護人類也是朋友的職責……而代替人類戰鬥。」

阿涅塔愣怔地說：

「那也就是說，我們是自己害死了自己？」

「阿涅塔？這話是什麼……」

「難道不是嗎？假如辛的爸爸有時間將菲多完成——假如我們沒有迫害八六，共和國早就在真正的意義上『實現了陣亡者為零的國防』不是嗎！」

啊……蕾娜當場為之凍結。

共和國之所以讓無人機以情報處理裝置（處理終端）的名義「配備」八六，是因為他們沒能開發出足以應付自律戰鬥的高等ＡＩ。是因為除非剝奪八六的人權並把他們趕進戰場，否則無法維持防衛國土的戰力。

但是假如「菲多」——連自律戰鬥都可能辦到的人工智慧，完成了的話……

「我們找藉口說那是有必要的，明明不正確卻裝聾作啞，害死了幾百萬人之後事跡敗露，受到周遭所有人譴責。可是其實根本連迫害他們的必要都沒有。如果我們大家都做正確的事，八六跟共和國國民就都不用死了……有比這個……」

阿涅塔把牙關咬得軋軋作響。

辛不願自己的發言被當成責備，保持沉默低垂目光。

這是共和國的罪過，不是阿涅塔的錯……也不是蕾娜的責任。

但她們兩人心中恐怕無法這麼覺得。

「更諷刺的事嗎——……！」

飯店客房是兩人一間，與萊登同房的是辛。

可能剛剛在針對「無情女王」進行作戰會議，辛比預定時間晚了一點回來，萊登由於剛好在房間裡，便用熱水瓶裡剩下的熱水幫他沖杯咖啡。

「辛苦啦。」

「喔，謝了。」

辛接過客房準備的馬克杯，忽然間促狹地瞇起眼睛。

「九條還有戴亞他們……偶爾會把你叫成媽媽，大概就是因為這樣吧。」

「哦～……馬克杯拿過來，我給你加點黃芥末。」

「你帶在身上？真的很媽媽耶你。」

「你說什麼？」

兩人扭打著進行了一場馬克杯爭奪戰。但只是鬧著玩而已，咖啡都沒灑出來。

「……是說在晚餐之前明明還有時間，你這時候在這裡做什麼？」

「沒啊，只是最後一天『那個』的整套衣服，差不多該拿出來掛著了吧……你那套也趕快拿出來吧，否則到了當天皺巴巴的可別找我哭。」

「媽媽……」

「你還說？」

由於咖啡喝完了，因此這次打鬧得更吵更誇張點。

即使是這種亂開玩笑的小打鬥，辛一樣是應付自如，讓萊登覺得很沒意思。

「……你也沒好到哪去，已經完全不像個死神了呢。」

「嗯？」由於辛只回以視線表示疑問，於是萊登在床上盤腿而坐，維持以手撐著臉頰的姿勢說道：

「特別是關於蕾娜，你對她的稱呼從以前的管制一號變成了名字，又是先走一步又是想帶她看海，託付她那麼多事情，真沒想到東部戰線的無頭死神會這樣……喔，對了。」

萊登壞心眼地笑了笑之後接著說：

「你可別拿審訊什麼的當藉口逃避喔，差不多該告訴她了吧。」

「……要你管。」

「有需要的話，我多少可以幫你一把，例如營造個熱情如火的場面之類，像是有氣氛的風景或陰暗的角落……啊——不過我看還是最後一天最適合吧。」

「你很煩耶……我上次本來要說的，是因為馬塞爾……」

「畢竟既然要說，當然是希望對方做出高興的反應嘍，就算你再怎麼不解風情也是。」

「…………」

辛擺出一張臭臉不再說話，萊登知道自己就快捋到虎鬚了，便不再多嘴。

真的是張明顯的臭臉……不需要扼殺感情，就像個無憂無慮的普通小孩。

「……開始會露出這種表情了啊。」

萊登只是喃喃自語，所以辛似乎沒聽見。他用帶有戒心的眼神抬頭看向萊登。

「你說什麼？」

「沒有啊～」

只是覺得——你真的變了。

「趁現在浴室空著，你快去把澡洗一洗啦。」萊登把辛趕出去，他雖然一臉納悶，但還是離開了房間。

看著關上的門，萊登心想：

一開始見到他時，他真的就像個空有同年紀小孩外形的死神。

無論是表情、眼神還是藏在裡面的心靈都像是朽木死灰，削減磨耗到如此地步。

而那樣的辛，現在已經能正常歡笑了。

他變得常常露出笑容。自從與那個愛哭鬼指揮官邂逅以來更是如此。

「……看來，其實也沒那麼糟嘛。」

被自己的祖國命令去死。

險些被深愛的哥哥殺害。

站上的戰場被「軍團」封鎖，並肩作戰的同袍全都比他早死，到最後，他成了死神。成了那個受到人類惡意與世界的冷酷磨練的辛。

即使如此，如果在最後的最後讓他們知道可以求救——可以活下去的話……

如果還留有一點點足以稱為希望的事物……

那麼這個爛透了的世界，其實也還算有一點點不錯。

萊登第一次能夠如此覺得。

我們的死神。

那個異名是一種詛咒——正因為是詛咒，所以才能成為維繫的枷鎖，以及支撐的十字架，與誅滅哥哥此一詛咒、心願與目的一起扶持著他。

他要將所有死去的戰友帶去自己走到的盡頭。是因為有這份責任，辛才能不在半途中倒斃。才能夠盡可能走得更久更遠，不斷前進。

即使如此，到頭來……萊登與其他人仍是受到拯救與支持的一方。

「我們已經受你夠多幫助了……也該讓你獲得解放了。」

去了浴場，看到奧利維亞也在那裡，似乎是來飯店跟沒參加測試的處理終端做說明；辛覺得那頭即使整把綁起仍然長如獸尾的搖曳黑髮跟狄比有點像。牠是戴亞撿來的黑貓，只有腳尖是白色的。

當時辛沒給牠取名字，都是隨便亂叫；那時候他只把蕾娜當成牆內那些不負責任、好吃懶做的家畜看守（指揮管制官）中的一人。

不知不覺間，他開始覺得能夠將「先走一步」這句心願託付給她……為什麼自己變得如此信任她？

忽然間，辛睜大雙眼。

「諾贊上尉——我們目前正在考慮將她解體。她如果繼續保持不合作的態度將會提升此種可能性。我們是否能將這點告訴她，作為談判的籌碼……」

「不。」

情報室長話講到一半，被辛簡短打斷。對方是聯邦情報部這個房間的負責人。這樣做恐怕沒有意義。對於不怕死的「軍團」不構成威脅。

「比起這事，室長……請讓我進拘束室。」

所有人一瞬間說不出話來。

「你說什麼……」

蕾娜反射性地想站起來，辛回以眼神制止了她，告訴她自己無意做出魯莽的行徑害她擔心，不會再像之前那樣玩命。

情報室長與身穿紫黑和深枯葉色軍服的三位負責人討論了一會兒後，點頭做出許可。

「再檢查一遍戒具，以及射殺用的機槍——你有勝算嗎，上尉？」

「在龍牙大山，『無情女王』出現在我面前時，她沒有殺我——而是一直等到萊登他們過來。假如原因如同我的猜測……」

以堅固強韌的合金製彈簧門鎖住的，通往拘束室的門鎖開啟。雙重閘門當中，目前只開啟了通往觀察室的那一扇。

「你必須讓知覺同步保持在啟動狀態……不要靠太近。一旦判斷有危險，我們會立刻射殺她。」

通過厚實金屬牆的閘門，長到幾乎像是一條通道。辛經過閘門走進其內，背後的門關上，接著通往拘束室的門才終於開啟。

辛站在通道與拘束室之間，地板不同材質的界線上。

面對站在同個空間的人類，咯答一聲，「無情女王」簡直像是昆蟲對獵物產生反應般試著站起來，但受到拘束而沒能成功。那種不具生命的本能動作就像是一種直覺反應。

沒錯，「軍團」會毀滅所有立於自己面前的人事物。人類、城市、軍隊、國家統統一視同仁蹂躪殆盡。

這是它們的本能。如同被踩到的地雷不會選對象，是自動人員殺傷武器具有的殘忍與平等。

但這個「無情女王」違反了此種本能，在龍牙大山的熔岩湖沒有試著殺害辛。就好像在玩弄獵物，又好像在品頭論足，只是緊盯著他，步步逼近。

可是，假如那時繼續對峙下去，經過更長的時間……

假如她沒讓萊登他們追蹤自己，沒有任何人能阻止她的話……

「妳聽得見我的聲音吧，『軍團』的女王。」

辛這時才終於覺得，沒有名字可以用來呼喚對方實在很不方便。

他無法稱對方為瑟琳。他還不能確定她就是瑟琳，況且如果她不是，有可能會藉機冒充。稱她為「無情女王」恐怕也不對。所以他只能這樣稱呼，這讓他感到有點煩躁。

在第八十六區，他以為名字只是識別用的記號。

自從被指責為代表罪孽的含意以來……他一直很討厭自己的名字。

即使如此，在兩年前蕾娜自報姓名並詢問他的名字之前，他從沒想過要去知道她的名字；如今他真不敢相信，自己那時竟然沒把這種異常視為異常，還從不當成一回事。

「是妳在呼喚我吧。我看過妳的訊息了，妳要我去找妳，所以我去見妳了。妳如果有事想告訴我，現在，我願意在這裡聽妳說。」

如果妳不回應，那就維持現狀。

即使說是同個空間，但對方距離辛仍有十公尺以上。「無情女王」滿月般的金色光學感應器眨也不眨地凝視著辛。辛看出那眼光流露著些微焦慮之色。

七年來隔著裝甲多次承受到已經習以為常的，殺戮機器不具生命的殺氣開始支配斥候型。戒具發出了沉重的嘎吱一聲。

兩年前，辛之所以能信得過牆內未曾謀面的蕾娜，是因為他接觸過蕾娜的內心。是因為他跟蕾娜說過話，也聽過她說話……藉由這種方式得以互相了解。

沒有對話，就無法了解對方。

不了解，就無法信任。

所以辛不要像那樣，單方面地刺探對方的心思。

戒具發出的嘎吱嘎吱聲停住了。白群色裝甲微微揚起，底下滲出銀色的暗沉光輝。是流體奈米機械。雖然除了高機動型以外，未曾觀測過有其他機體能讓它化做無數蝴蝶飛翔，不過……

哥哥那同樣呈現銀色的——淪為「牧羊人」的哥哥的手掌。

在最後一刻，辛碰觸過那隻溫柔的手……即使如此，如同人類的手那樣，它一定也能勒死人類。

「我對妳一無所知。我不知道妳為何呼喚我，甚至就連妳現在保持沉默的意圖都不懂。所以——希望妳能用妳的話語告訴我。」

流體奈米機械繼續滲出、溢出，即將集聚成某種形體。

她就像對此感到恐懼般——終於……

『離開拘束室——建議前往觀察室躲避。』

彷彿將劣化跳針的唱片聲音連接起來那般，又彷彿非人類的智慧生命勉強講人類語言那樣，極端模糊難辨的機械聲音「說了」。

音源來自放在拘束室內，作為一種對話手段的行動裝置。無人碰觸卻自動啟動的裝置全像式螢幕出現雜訊，是雜訊的強弱形成了人類語言。

觀察室的騷動聲，透過裝在軍服衣領內的同步裝置與它啟動的知覺同步傳進耳裡。畢竟這恐怕是人類初次與「軍團」進行的對話，無可厚非。

「原來如此，她是怕一不小心殺了諾贊。」辛聽見騷動聲中混雜了維克的自言自語。

『躲避完畢後開始問答。請前往觀察室躲避──警告。』

「牧羊人」雖然竊取了人類的腦部構造，但不知道其中還留有多少人類的意識或感情。然而辛在這一刻確切地……感覺彷彿接觸到了「無情女王」的憤慨。

『不顧自身安全的交涉，值得欽佩。但是，今後不予接受，請記住。』

蕾娜愣怔地看著那幅光景。

辛不是不顧自身安全。蕾娜清楚看出了這一點。

就算把共和國與聯邦、聯合王國或盟約同盟等目前確認倖存的各勢力全部加起來，也幾乎沒接過幾次報告指出有「軍團」能讓流體奈米機械暴露於機體外加以運用。

即使把雷和聽說捉到過辛與萊登的重戰車型算進去，也還是用一隻手就能數完。看來這並非每架「軍團」或每架「牧羊人」共通具備的功能。除非是像高機動型刻意編寫了這種程式，否則是辦不到的。

所以關於流體奈米機械的攻擊行動幾乎不需要特別警戒。

雖然「無情女王」正巧具有此種特異性質──但流體奈米機械本來並非武裝，而是控制系統的構成分子。它無法像「軍團」本體那樣達到不合常理的速度，況且辛自從看到銀色光芒滲出，也早已不為人知地準備接招。他在講話的同時，一直在計算能夠逃走的時機。真要說起來，早在那銀光還沒出現之前，辛就根本沒有完全走出通道，以備有任何狀況時能逃往通道另一端。

他為了交涉而甘願承擔一些風險，但絕不是奮不顧身。

為了期望的未來──為了親手掌握那個未來。

這讓蕾娜驚得呆住了。

真的……

她徹底體會到──辛是真的變了。

辛回到觀察室後，流體奈米機械隨即像支持不住般從裝甲隙縫間伸出一堆手來。從「無情女王」受到拘束的房間中心，雖然長度連周圍的牆壁都搆不到，速度與數量卻像爆炸一樣。

回到觀察室，也許是原本不免緊繃的神經稍微放鬆了些，哥哥的手──而且不是他作為「牧羊人」的那隻手──理應已經淡化不少的勒喉記憶與當時的恐懼重回腦海，讓辛臉色有點蒼白。

維克看出來了，小聲問道：

「你還好嗎，諾贊？」

「還好……沒什麼，只是想起了一點以前的事。」

維克似乎光憑這句話，就聽出辛有著關於「牧羊人」或是手的舊傷。

「你是懷抱著可能挖開舊傷的覺悟，站到她面前的？為了強迫她開口……你以前不是說過，活人與死人無法交談嗎？」

「我現在仍然這麼覺得，只是……」

生者與死者沒有交集。

這是天理。無論如何渴求都無法顛覆，是這冷峻世界的法則之一。

但是在特別偵察的最後，辛在「軍團」支配區域倒下時，一定是哥哥救了他。

儘管沒能「交談」，但雙方的聲音都傳達給了對方。

既然辛能聽見亡靈的聲音，同樣的道理，反之亦有可能。

假如並不是不可能溝通——只不過是亡靈們沒能以辛了解的形式，傳達訊息的話……

生者與死者沒有交集。但如果是仍無法跨越兩岸（忘川）境界的亡靈，以及一度險些喪命，至今仍困在這一邊河岸的自己，也許……

這對辛而言，是有點恐怖的推論。即使如此，他再也不想逃避了。

「因為我想盡力而為……只要能得到任何一點對我方有利的情資，說不定至少能作為終戰的線索。」

「呵。」不知怎地，維克愉快地笑起來。

「想帶她看海，是吧？這個目的的確能讓你不辭辛勞。」

「怎麼連你都知道啊……」

「我倒想問你怎麼會以為我不知道？……話說回來……」

可能是看辛臉色恢復正常了，維克轉向「無情女王」。

「妳那種手，只要是吸收了人類腦部構造的『軍團』都必定具備嗎？」

問這問題時麥克風當然是開的，窗戶也設定成透明，但沒得到回應。

被維克使了個眼神，這回換辛重問同一個問題。這次有了回答：

『僅限於臨死之際，仍瘋狂伸手追求某物的死者。』

辛心想，原來就跟「軍團」們的悲嘆一樣。如同用臨死之際的思惟，呈現死前低喃的話語形式，由功能停止的大腦反覆發出的嘆息。即使已瀕臨死亡仍未消失的渴望以及有所追求的手掌形狀，原來也跟臨死慘叫一樣會具體成形。

情報部人員們用麥克風收不到的音量討論她不知是只能聽見辛的聲音，或者純粹只是限定了談話對象。情報室長低聲說之後為了安全起見，必須把裝甲的隙縫塞住。

『本機已回答一個問題，請回以一個問題的答案，「　　」。』

那道聲音特別難聽懂──簡直就像直接將機械語言轉換為聲音──但記錄用的終端機勉強錄下了它。「火眼」──也許是辛在「軍團」那邊的識別名稱。

『請說出名字。』

辛瞄了一眼情報部人員，其中一人點頭。

「辛耶・諾贊。」

他刻意不報上軍階與所屬單位。

雖說這個房間做了電磁遮蔽措施，縱然阻電擾亂型溜到空中嘗試充當中繼器，「無情女王」也不可能與「軍團」進行通訊，但還是小心為上。

「無情女王」一瞬間彷彿倒抽一口氣般陷入了沉默。

『諾贊。諾贊。征滅者的末裔。「帝國」的漆黑驍騎——提問，諾贊家的成員為何隸屬於背叛祖國的聯邦軍？紅眼（Rotaugig）是否構成原因？——要求回答。』

「無情女王」說出了帝國貴族——純血夜黑種侮辱他們與焰紅種之間混血子女的用詞，在場的焰紅種情報軍官臉色頓時變得冰冷緊繃。

然而這句侮辱，對在共和國出生、於第八十六區長大的辛不構成影響。

「我不是帝國人。」

『那麼則是八六。』

「……妳怎麼知道的？」

假如她是瑟琳．比爾肯鮑姆少校的話，不可能知道這個她生前並不存在的蔑稱。

『由於脆弱和弱勢，由於是共和國廢棄的劣等種——因此易於擄獲，也易於取得情資。』

擄獲之後，它們自有辦法能從中挖出情資。不，或許就連「牧羊人」也無法違背「軍團」的本能，或是為了指揮統率而決定的全體意志。

「無情女王」與辛之間的對話能像這樣成立，或許也是因為脫離了本隊——脫離了它們之間的網路。

「妳的名字是？」

辛回答了問題，那麼按照她的規則，這次應該輪到自己發問了。辛提出一開始就該問的問題後，不知為何「無情女王」微微傾斜了一下機體。像是困惑，又像是挑釁沒得到預期結果而略感意外的動作。

『——推測為已知情資。』

「我已經回答了問題……請妳回答。」

辛重問一遍後，「無情女王」眼睛轉向了站在辛身旁的維克。

『接受，但無此必要。建議向旁邊的「童稚老蛇」進行確認。』

霎時間，維克的側臉僵了一下。

最後，他長嘆了一口氣。

「果然是妳啊——瑟琳。」

『肯定。』

輕輕地，「無情女王」——瑟琳點頭。態度傲然，憑著一如識別名稱、冰寒月亮般的無情。

『本機是——本機生前名為瑟琳·比爾肯鮑姆。隸屬於帝立研究所，官階相當於少校。』

她刻意改口說成生前，藉此暗示現在的自己已不再是人類。

審訊室忙著審訊瑟琳，蕾娜偷偷溜了出來，在聽不見那些喧鬧的走廊上獨自駐足，仰望天花板。看不見天空，只有地下基地冰冷的灰色。

辛真的變了。

他與共和國的中校對峙，表現出正面對抗他人惡意的姿態。

與剛認識的家人以及長伴左右的人們建立情誼，並努力維持這份情誼。

如同他不知不覺間開始稱呼阿涅塔為麗塔，他慢慢從記憶底層，拾起了一時遺忘的昔日幸福的片段。

即使世界依然冷漠，即使無法對世界抱持任何期待——仍試著追求未來，實現自己的心願。

照理來說蕾娜應該為他高興……實際上感受到的卻是彷彿被拋下的寂寥，以及立足之地消失的不安。

她以為辛是個脆弱的人。

可是……他終究是個堅強的人。

是個即使懷抱著脆弱的部分，即使看不見光明，仍然能夠憑著一份意志、一份心願邁步向前的人。

說不定有一天，辛會不再需要她。一產生這個念頭的瞬間，她害怕得幾乎要昏倒。

即使不會那樣，總有一天他一定也會發覺……

他想帶去看海的人……其實「不一定得是蕾娜」。

以前不是這樣。

兩年前的辛被困在第八十六區，被迫背負半年後終將一死的命運，身邊只有跟他一樣，終將一死的八六。能接受他的心願記住他的，只有蕾娜一個人。

並不是因為自己有哪裡特別。只不過是那時辛身邊的人當中，正好只有蕾娜可能活下來。

現在不同了。

他有在第八十六區存活下來，且脫離了死亡命運的萊登他們。有他在聯邦長達兩年的生活中建立起的許多情誼。他們一定都不會拋下他離去。

所以如今與他共度人生的——不再是非蕾娜不可。

可是，她不適合。

蕾娜是最不適合的人選。是因為辛告訴她要先走一步，蕾娜才能一路走到今天。才能追逐著他那看不見的背影，決心戰鬥到底。

要不是有辛在，她根本無法戰鬥。是因為辛以她為依靠——她才能故作堅強。

她希望能成為辛的依靠。

蕾娜到現在才發現，辛求她不要留下他一個人，她卻依賴起了自己扮演的這個角色。依賴起支持他，或是引導他的……自以為是聖女的角色。

因為自己只剩下這些了。只剩下與辛並肩奮戰的驕傲，以及在辛身旁支持他的職責。一旦失去這些——假如辛離開了她，她將再也無法前進。

而到時候，自己不會有資格再次哀求辛不要留下她一個人。

只要蕾娜還在，機動打擊群就會是「共和國先進且人道的防衛系統」的體現者。在陣亡者為零的第八十六區戰場上，共和國人全都不用上戰場——他們將永遠是補強此種幻想的存在。

這種幻想對於開始邁步前進的辛而言，說不定甚至會成為枷鎖。

所以蕾娜不能依賴他。

蕾娜不想成為他的傷痛——他的重擔。

因為我……

是共和國的——白豬。

# 第三章　灰霧之藍

「——咦，原來還有女生啊？」

此時正在進行「破壞神」的新裝備「狂怒戎兵」的最終測試。可蕾娜完成今天的第一張項目清單正在喘口氣時，聽到貨櫃後方傳來這句話，轉去看看。

自從「無情女王」——瑟琳．比爾肯鮑姆終於回應了辛的呼喚後，辛大部分時間都忙於她的審訊工作。因為瑟琳表示只願意跟辛說話，其他人一概不理。

結果辛忙到無暇進行「狂怒戎兵」的測試，由萊登與賽歐、可蕾娜與安琪代為負責此事。

那些沒發現可蕾娜已經轉過頭來，正在聊天的人似乎是盟約同盟的軍人。那群人穿著深枯葉色的軍服，大約一半是金髮或碧眼的青系種血統。她無意間想到，戴亞也跟他們一樣。

「好可愛喔。是說原來年紀還那麼小啊。」

「之前聽說是被迫上戰場的少年兵，我還以為會更……就是像餓肚子的野狗，或是一群詛咒全世界的小鬼……」

「光是聽人家那樣說，的確會以為都是些沒血沒淚的戰鬥機器怪物啊。」

「就只是正常的可愛女生嘛。」

「……喂，她在看我們耶。搞不好被聽見了。」

他們先是露出尷尬表情，接著有的舉起一手表示抱歉，有的抓抓頭。

然後所有人都大大咧起嘴角，毫不矯飾地笑了。

「加油啊！」

可蕾娜大大點頭。

「嗯！」

對啊，因為辛很忙。所以我也得跟大家一起，為他代勞才行。

可是……

她瞄了一眼貨櫃之間的狹縫，看向一件坐在地上的深藍軍服。

妳在幹嘛啊，蕾娜？

「蕾娜最近感覺有一點怪怪的呢。」

八六由於孩提時期是在不分男女的第八十六區強制收容所與隊舍度過，因此價值觀上並不會特別將年輕男女共處一室視為禁忌。

滿陽一邊拿出從湖畔城鎮買來的化妝品一邊說，跟她一起去購物的夏娜以及被叫去拿東西，然後就這麼被請進她們客房的尤德與瑞圖點點頭。

滿陽打開買來的幾條不同顏色的口紅做比較，夏娜則是馬上打開指甲油的小瓶子往形狀優美的指甲上塗。就快要「正式上場」了，她們想先練習一下。

「……夏娜，練習就練習，不要連我的指甲都塗啦。」

「誰叫瑞圖你長得這麼可愛……真想把你吃掉。」

「超可怕的……」

「本來是想讓她無路可逃的，可是看她那麼不安實在不忍心，實際上辛也轉變成暫時觀望情勢了……」

尤德想了一下後接話：

「可能是因為蕾娜也跟我們一樣吧。」

「什麼意思呢？」

「蕾娜在大規模攻勢失去了一切，對吧？失去了家人、住處、阿涅塔以外的共和國人好友及故鄉，連共和國都沒了。」

她沒有能作為依靠的祖國，也沒有該保護的家人或回去的故鄉，除了一件事之外……再也沒有什麼能讓她維持自我。

「……啊。」瑞圖低喃一聲。

「對耶……她就跟我們八六一樣。我們只有一份驕傲，如果連這個都沒了，就會再也無法動彈。而且蕾娜跟我們不一樣……她才剛剛失去一切……」

其實她應該還很……到了只要稍稍被推一下，就會動搖崩潰的程度。

「我說啊，辛……你有發現蕾娜感覺怪怪的嗎？」

「嗯。」

袖釦是一種用來固定無鈕釦袖口的配件，不過別說戰鬥時的機甲戰鬥服，即使是勤務服也用不到。

賽歐不希望到了當天才跟用不慣的配件搏鬥，事先練習之下果不其然陷入了苦戰；辛對他點點頭。

「啊，這樣啊……啊——不行，還是拿不掉。」

「應該是因為聯邦軍的袖釦金屬扣太緊才會拿不掉吧？……她之前就不太對勁了，但自從引出瑟琳的回應後，她更是很明顯地在躲我。」

辛也發現她悄悄離開審訊室，於是中途勉強要求離席去追她。

然而呆站在走廊中間的蕾娜卻搖頭說沒什麼……所以辛告訴她，等她願意開口之後隨時聽她說，便暫時放棄了。她還沒有做好心理準備開口，強行逼問不會有好結果。因為辛一個月前恰好以相反的立場有過同樣的經驗，所以覺得這樣做比較好。

回想至此，辛說：

「我是有告訴她，等她想說的時候我願意聽。」

「咦！」

賽歐愕然地回望他。

「………………咦，我問一下，現在在我眼前的辛，是本尊沒錯吧？不會跟我說其實一個月前就被掉包成『軍團』了吧？」

「你這話什麼意思？」

「因為……辛現在竟然會這樣顧慮別人的心情……」

他又一次愕然地這麼講辛。

「…………我是很想跟她問個清楚，但是……」

辛很想知道自己在賽歐心中到底是個什麼樣的人，但沒說出口。

以往自己心中多次懷抱懊惱或糾葛時，除非迫不得已，否則賽歐或身旁的戰友們總是善意保持沉默，辛依賴他們的這種好意太久了。

如今換成保持沉默的立場，辛才知道他們當時的感受……不可能對賽歐抱怨什麼。

「……在我整理好心情之前，大家不要管我會讓我心情比較輕鬆。但是周遭的人——除非有必要否則只能靜靜等候不多問，原來是這麼難受的事。」

「女王陛下、女王陛下～『當天』就大膽一點穿這種的怎樣？是不是很色啊？」

西汀雖然有敲門但幾乎可以算是硬闖，進了蕾娜的客房後在床上說道。坐在床上的兩人之間，擺滿了西汀從湖泊對岸的城鎮買來的內衣褲。

而且還是所謂的決勝內衣一類，為了營造熱情如火的氣氛，盡是些可愛過頭或是煽情惹火的胸罩、內褲、束腹及襯衣等等。

例如：怎、怎麼可以這樣……太不要臉了！我不敢穿！

或是：這不是妳的尺寸吧！妳、妳怎麼會知道我的三圍啊！

總之西汀原本是想看她一邊這般嚷嚷，一邊滿臉通紅的模樣。

還有三圍，西汀用看的就能看出個大概了。

「…………」

然而，蕾娜完全心不在焉，看都沒看西汀拎起的黑皮帶細鍊吊襪帶。

「女王陛下？……妳怎麼了？」

「咦？」

「不是，我在跟妳說最後一天的活動。」

「喔……」

「反正女王陛下的護花使者一定是死神弟弟嘛，既然如此就連看不到的地方也好好打扮一下唄……是說啊——」

西汀露出不懷好意的淫笑。

「搞不好真的會需要露給他看喔！如果真的那樣，我會負起責任把跟妳同房的阿涅塔留在酒吧一整晚的，所以妳放心——……」

西汀卯足全力開了個遊走尺度邊緣的玩笑，本來以為應該會遭到她面紅耳赤地斥責一聲「西汀！」……

「不……辛也許不會找我去，而是跟其他人……」

但她卻像個內心不安的孩子般，低垂著目光。

「……啊？」

「辛不一定非得要我……因為……」

我是白豬。

然而蕾娜不願說出這句話，咬住嘴唇。

跟辛一起度過人生的不一定得是自己。

自己終究只是傷害他的其中一隻白豬。

說不定有一天，自己將會再也無法跟他在一起。

不一定得是自己。

西汀猜出她的心思，嘆了一小口氣。

「……我說啊，女王陛下……」

然後她冷不防抓住蕾娜的纖細雙肩，二話不說就把她壓倒在床上。

「……！」

雖然彈簧床彈性十足，但蕾娜幾乎是被她砸在床上的，不禁發出分不清是尖叫還是驚呼的聲音。狄比嚇了一跳並起身，一瞬間想發出威嚇的聲音，但隨即逃到了桌子底下。

因為這時西汀的表情實在相當嚇人。

「西汀……？」

「妳夠了吧。」

那雙眼眸銳利而冰冷。

是一種冰冷到灼人的眼光。

雙眼蘊藏著怒火，凶狠地發光。

「妳老是這樣，一有問題就立刻劃清界線當起縮頭烏龜。沒錯，妳是女王陛下，有些事情或許是得劃分界線，關於這點我沒有意見。但我告訴妳……」

蕾娜是指揮官，有時不得不命令下屬去死。這條界線不能跨越，西汀也不會讓她跨越。這點西汀很清楚。

但是……

「妳現在與我們之間劃分的界線，根本是不必要的。我們已經沒有任何人叫妳白豬了，妳卻自己這樣稱呼自己躲在牆內。妳到底打算繼續待在八十五區待多久啊！」

「因為我就是共和國人啊……即使毫無自覺，無意識之中也會傷害到你們，這點永遠不會改變……我就只剩下『這個』了啊！」

迴盪的聲音像是悲鳴。

母親死了。在大規模攻勢中被「軍團」吞沒了。

父親死了。為了讓蕾娜看清第八十六區的冷酷現實，而正是這個現實擊墜了他。

卡爾修達爾也是，阿涅塔的母親也是，還有好多好多人，大家統統都死了。

蕾娜沒有可以保護的家人。

蕾娜沒有可以回去的家園。

然後如果有一天，她連跟辛並肩奮戰的驕傲都失去了……如果連自以為成為辛的依靠，其實是自己不肯放手的、認知錯誤的聖女角色都失去了的話……

一旦發生那種事，蕾娜除了共和國人這個出身背景之外，將沒有任何事物能讓她維持自我。

即使那是多令她厭惡的自我，卻是她僅有的唯一。

「妳在胡說什麼啊？」

西汀對她的悲鳴嗤之以鼻，不屑一顧。

「誰說妳只剩這個了？妳以為什麼事情都能這麼簡單就丟開嗎？……看著我的眼睛。」

西汀濃藍與雪白的雙眸俯視著她。

她這遠遠看去就像獨眼的眼眸賦予了她「獨眼巨人」之名。

「我老爸兩隻眼睛都是銀色。只是雪花種的血統沒那麼強，眼睛顏色不同是老媽遺傳的。我跟我妹都同時繼承了爸媽的眼睛顏色，結果妳猜怎麼著？」

繼承了迫害者血統的銀眼，以及即使在和平時期，仍容易被視為異類的稀罕異色瞳。

西汀在所有人內心壓力瀕臨爆炸邊緣的第八十六區同時擁有這兩者。

「被叫成偽人類劣等種的八六說我們是人型怪物，是魔女。我妹妹『連處理終端都沒當成』……如果能丟掉，我還真想這麼做。」

這種記憶……這整個過去。

「但是過去這玩意兒當然是丟不掉的啊！過錯也是，無力也是，後悔也是──這些導致的決斷也是。所以事到如今，妳也丟不掉了。丟不掉跟我們一起戰鬥，即使是共和國人但已經不是白豬，身為『鮮血女王』的妳自己！」

即使明天將會屈服斃命；縱然到了明天，原本站在同一邊的所有人都形同陌路……

但並肩奮戰到今天的事實──是即使想抹滅也抹滅不掉的。

「我告訴妳，蕾娜。妳的確是共和國人，但不是白豬……而是我們的女王陛下。」

這番話讓蕾娜吃了一驚。

她感覺以前好像有人……跟她說過同樣的話。

真摯而帶有些許哀傷……很可能是遲遲不肯跨越雙方之間的藩籬，受縛於罪惡感而不肯改變的蕾娜讓他那麼說的。

不知在什麼時候，他對蕾娜說過：

——請不要再這樣一臉悲壯了。

「一開始，我們或許是白豬與偽人類。但我們自認已經跨越了那條線。然後，我希望妳也能跨越。辛一定也是同樣的想法。所以……拜託妳快點跨越吧。」

†

「瑟琳，我再問一遍——妳叫我來的目的是什麼？」

『否定。搜索要求對象為擊毀高機動型的敵性存在。特別事項Ω的執行觸發因子為高機動型的破壞。特別事項Ω的肉眼觀測者必然是擊毀高機動型之人。』

可能是認為再次保持沉默沒有意義，這次瑟琳變得有問必答。

不過她只會回答辛的問題，偶爾才對維克做出回應。至今無論問多少遍，都不肯說出她的目的為何，以及是否有意提供情資。

蕾娜今天依然沒來。辛忽然極度擔心起她的現況，但吞下了心裡的焦躁。

「……那麼，妳為何選上擊毀高機動型之人？」

『因為能擊毀高機動型者，必定不是人類。』

那種口氣就像在嗤笑辛是個怪物。

『因為能與「軍團」此一殺戮機械比肩者必定不是人類。如果能擊毀高機動型此一改良機種，更是非人類的怪物。因此，以研究對象與擄獲對象而論具有高度價值。為達我等「軍團」的目的，價值非比尋常。』

然後她表現出自己才是偏離倫常的怪物般——一如只為殺戮而存在的戰鬥機械那樣，異質的欲望與渴望。

有人懷著憎惡低吼道：「瘋子。」辛雖然聽見了，卻仍平靜地問道：

「為了什麼？」

瑟琳的光學感應器轉向他。

很可能是受到他的聲調所吸引。

「妳為什麼要繼續強化『軍團』？為了殺光人類嗎？……如果是這樣，妳那時候為什麼沒殺我？為什麼現在要與我對話？」

不是出於敵意。

也不是出於憎惡。

只是純粹提出疑問。

「妳是為了什麼——才製作『軍團』？」

瑟琳的言行自相矛盾。

辛認為那是因為她隱藏了真正的心思。

上次幾乎是強行逼她開口，以後無法故技重施。一再的威脅逼迫無法獲得她的信任，而辛也信不過現在不願意認真回答的她。所以，他只是問了想知道的事情。

瑟琳沉默了半晌。

那既像心緒混亂，同時不知為何，也像是恐懼或不安。

『……你……』

儘管在「軍團」當中屬於較脆弱的斥候型機種，但仍然能把人類當成薄紙般踐踏的殺戮機械，竟然似乎心生恐懼。

『你不恨本機嗎，八六？你的同胞遭到我們「軍團」殺戮、玩弄、蹂躪、虐殺。你——不會為此感到憎惡或憤怒嗎？』

一瞬間，辛沉默了。

共和國第八十六區的，與他同為八六的那些夥伴……

的確，他們很脆弱。就好像理所當然似的，他們一個接一個地死去。他們被祖國遺棄，連像樣的指揮或支援都沒有，只得到一架有缺陷的機甲。

他們輕易地，隨便地……數以萬計地死去。

他們對辛而言全都是寶貴的戰友……但是……

「——不恨。」

即使如此，他不覺得自己恨瑟琳——或是「軍團」。

他恨不了。

瑟琳那月黃色的光學感應器緩緩地低垂了。

彷彿拒絕，彷彿恐懼……彷彿後悔。

『……問答結束。今後拒絕回答任何問題。』

就這樣，「無情女王」這天再也沒回應辛的呼喚。

†

「……蕾娜，欸，今天辛有過來喔。」

清亮響起的嗓音讓蕾娜停止瀏覽看到都會背了的資料抬起頭來。裝備測試即將進入尾聲的軍事基地此時正值中午時段。

可蕾娜雙手插在鐵灰色機甲戰鬥服的腰際，岔開腿站在她面前。

「聽說好像是跟瑟琳弄得有點不高興，要過一段時間再看看，所以今天辛過來這邊參加『狂怒戎兵』的測試……妳不去見他沒關係嗎？蕾娜妳最近連在飯店裡都到處躲著辛，對吧？」

「雖然這樣我更高興，可以常常跟辛還有大家在一起就是了。」她唾棄地說。

「……可是……」

可蕾娜赫然豎起她金色雙眼的眼角。

「欸，拜託妳振作點好嗎？……我其實也不希望被蕾娜妳搶走啊。」

可蕾娜咄咄逼人地說。由於蕾娜個頭比她高一些，又穿著鞋跟較高的鞋子，使得身高差距變得更大。但可蕾娜照樣迎面瞪向她。

她討厭死這種女人了。

美得令人不敢置信，渾身上下沒有一點戰場的氣息。擅自岔入大家之間，不動聲色地搶走了辛。甚至在不知不覺間改變了他的心願。

可蕾娜恨死她了。

「只不過我更不希望辛被蕾娜以外的人搶走。如果是蕾娜……我還勉強能接受。所以……」

可蕾娜從來沒能讓辛多看她一眼。她永遠只是辛寶貴的戰友，只像是他的妹妹。

所以，就讓妳來代替拯救不了他的我吧。

「妳振作一點啦。」

明明是因為害怕有一天遭到拒絕才會逃跑，但聽到他來了，卻又無意識地尋找他的蹤影。蕾娜忍不住產生想見他的依賴心情，咬住沒抹上口紅的嘴唇。

因為我是共和國人，根本沒資格依賴他。

她反覆如此告訴自己，好像這才是她能依賴的事物。

對蕾娜而言獨一無二的，漆黑與血紅的色彩映入眼角。她勉強按捺住想出聲呼喚辛的心情，只在原地駐足。所幸距離有點遠，不出聲呼喚就絕不會被發現。

然後蕾娜原地愣住了。

因為在「狂怒戎兵」的本體前面……在那巨大的銀色機體前面，辛正在與有著一頭黑色長髮、身穿盟約同盟軍服的女軍官有說有笑。

以一對不是戀人的男女來說距離有些冒犯，近到可以碰到對方的身體。事實上女軍官也一邊笑得闊達，一邊毫無隔閡地拍打辛的肩膀，看來是其中一方講了玩笑話。辛半背對著蕾娜，她只能看見辛的嘴角在笑。那是一種沒有隔閡的，少年該有的笑容。

……辛……

明明在我面前，從來沒做過那種毫無顧忌的舉動。

辛從來不會靠那麼近跟我說話。

辛從來不會用那種表情對我笑。

為什麼跟那個我不認識的人，卻能……

……我不要。

不知不覺間整備人員葛倫與藤香來到了她附近，葛倫跟她看著同個方向說了：

「看他那樣，就好像在跟愛麗絲那傢伙說話一樣……也許因為都是黑珀種的混血，才會覺得看起來很像吧。」

出現了一個陌生的名字。蕾娜眨了一下眼睛後問：

「愛麗絲？」

葛倫之前好像沒發現蕾娜也在，嚇到上半身往後仰。

「嗚哇！上校，妳在這裡做什麼？」

「愛麗絲……是誰？」

「啊——……那個，就是我們在第八十六區的基地，很久以前的一位戰隊長。那時諾贊上尉還是個剛被配屬到前線的新兵，這——麼小一隻。」

當時的辛就算真的比同年齡的人矮小很多，也不太可能像葛倫水平揮動手掌比出來的那麼矮。

「那個戰隊長跟奧利維亞上尉有一點像。或許一方面是因為雙方都帶有黑珀種的血統，但最像的是氣質還有說話方式。那傢伙也是像那樣有著黑色長髮與高個子，是個溫柔體貼的美女，現在回想起來，諾贊那小子當時也跟她很親近……」

「夠了啦。」

可能是看出蕾娜變得越來越面無血色，藤香用手肘撞了一下葛倫的側腹，力道大到讓葛倫「咕嗯」呻吟一聲閉上嘴巴。

就連兩人的這種一來一往，蕾娜都沒看見。

名為排斥的黑暗情感再次湧現，轉眼間淹沒了一片空白的腦袋。

既然是剛配屬至基地時的戰隊長，對辛而言，一定是位值得依靠的人。既然說辛當時跟她很親近，一定是個溫柔的人。而且又說那位女軍官跟她很像，說不定辛也把兩人聯想在一塊了。感情可能已經好到能互開玩笑，不需要客氣拘泥的程度了。

但蕾娜還是不願意接受，她不要那樣。就算是辛依靠過的戰隊長或是與她相像的女性，蕾娜就是不想讓自己以外的人，看見辛露出從不在蕾娜面前展露的那種笑容。

她不要辛被人搶走。

想到這裡，蕾娜受到了打擊。

不要辛被人搶走？

辛身邊的人不一定得是自己。也許有一天，自己會無法繼續陪在他身邊。即使事情變成那樣，自己也無法哀求辛不要丟下她。

只不過是早已有所覺悟的時刻到來了。像自己這種人應該退出才對。可是……

自己怎麼會產生這麼自私的感情，不希望辛被別人搶走？

蕾娜用一種旁人都看得出來的蹣跚腳步慢慢走遠，藤香瞪向比自己高一個頭的葛倫。

「你太多嘴了，葛倫。」

「抱歉。」

「上校雖然聰明過人，但碰到這種話題，不管是何種智者都會失去正常判斷力的。勸你還是別開惡劣的玩笑。」

「就跟妳說抱歉了嘛……我剛才並不是想開她玩笑啊。」

葛倫硬是不肯跟藤香對上目光，看來他自己也知道說溜了嘴。

然後兩人一起望向還在「狂怒戎兵」前面聊得起勁的辛與奧利維亞上尉。不知何時萊登與賽歐也加入他們，有說有笑或是互開玩笑的模樣就跟剛才只有兩人聊天時沒兩樣。

然而辛像那樣跟奧利維亞上尉或萊登等人講話的模樣，比起跟剛才臉色活像世界末日來臨般走遠的蕾娜說話的時候，給人的感覺可是截然不同。

「……真想不到以前的那個小矮冬瓜，已經到了『那種』年紀了啊。」

「在七年前可是完全無法想像呢。那個拗脾氣的小不點，居然……」

看到那種青澀的感覺，兩人覺得就好像被迫吃一堆糖果吃到撐似的。

「……真想讓愛麗絲那傢伙也瞧瞧。」

「既然跟辛曾經那麼親近的女生相像，米利傑上校會焦急也是應該的呢。」

「話是這麼說，但諾贊的那種親近方式，也只是把那傢伙當成年長的大姊姊看待罷了……更何況像歸像，但是……」

「……就是啊。」

蕾娜已經不見蹤影了。兩人一起望向她搖搖晃晃地離去的方向。

其實不用多想也知道，蕾娜根本沒必要覺得受到威脅。

真的。

也許只能說戀愛會奪走一個人的判斷力吧。

照理來講蕾娜應該以確認新裝備為藉口去基地了，但她突然搖搖晃晃地回來，把在飯店本館休息廳優雅地閱讀詩集的阿涅塔嚇了一跳。

「喂，蕾娜，妳是怎麼了啊，臉色怎麼這麼糟？」

「阿涅塔……」

一出聲呼喚，蕾娜就像幽魂似的飄過來。

正好在一旁的侍者無聲無息地靠過來替她拉椅子，她無力地一屁股坐上去。

「辛在跟盟約同盟的……一個叫奧利維亞的人說話，看起來好開心。」

「喔……妳說奧利維亞上尉啊。就是『狂怒戎兵』的教官，即將配屬到機動打擊群（我們隊上）嘛。說是盟約同盟軍的頂尖王牌，最擅長近身戰鬥，還擁有預知未來的異能呢。」

奧利維亞預定配屬的單位雖然是機甲群，但是會以新裝備的指導教官身分與研究部來往，因此阿涅塔也有所耳聞。況且奧利維亞似乎是個平易近人的人，還好幾次帶著點心來飯店露臉慰勞人員。

講到這裡她才想到，每次那種時候蕾娜似乎都正好跟辛外出，不在飯店。

「畢竟辛也是王牌駕駛員，又同樣是身懷異能的近戰特化型，會聊得來也很合理吧？……再說，蕾娜妳可能都沒在看，但辛跟萊登、賽歐還有王子殿下或馬塞爾也都會開開心心地聊一些蠢話題啊。」

「哦……」

「聽說她跟辛在第八十六區第一個戰隊的戰隊長很像，而且那位戰隊長是女性。」

就知道妳沒在聽，還有最後補這一句有意義嗎？阿涅塔一面如此想著，一面問道：

「所以呢？」

「怎麼辦……」

「什麼怎麼辦？」

「辛跟上尉聊天好像很開心……」

「這妳剛才說過了。」

「他們都是王牌，都擅長近身戰，也都是異能者……」

「這我剛才說過了。」

「怎麼辦……」

「所以我問妳什麼怎麼辦啊？」

蕾娜的臉蛋就好像世界末日來臨般，可憐兮兮地扭曲了。

「要被搶走了……」

「…………是喔。」

阿涅塔很想嘆氣但勉強忍住了。搞半天還以為她要說什麼呢。是說……

她敢肯定蕾娜這個誤會大了……

然而蕾娜接下來的一番話，讓阿涅塔不禁揚起眉毛。

「怎麼辦，阿涅塔？我不想要辛被人搶走。我不想看到辛跟上尉說話，也不想看到他們在一起……我明明不可以這樣想，可是，我就是不想要他被搶走……」

「妳在說什麼啊？為什麼不可以這樣想？」

「因為我是……因為我變成了八六再次被共和國當成資產，說成劣等種的原因。我待在機動打擊群說不定會成為辛的重擔，所以我沒資格那樣想……」

「他們愛說就讓他們去說啊。反正那些傢伙就算妳不在也照講不誤，八六他們也沒在在意吧。妳想太多了啦，又是重擔又是資格的……」

「其實辛也不是一定需要我……」

「那他跟妳在一起也沒差吧？話說回來，妳還記得辛在聯合王國跟妳說了什麼嗎？」

畢竟任務記錄器有錄下聲音紀錄，所以就連阿涅塔都知道。

蕾娜已經講到快哭出來了。

「……可是，我是共和國人……」

可能是以前說過同一番話被別人開導過，蕾娜說出來之後顯得更內疚，把肩膀縮了起來。阿涅塔不是不能體會她的心情，但她假裝不懂，不把那當一回事。

「是呀。所以，那又怎樣？辛有因為這樣就說討厭妳嗎？」

「……可是我是長官……」

「所以呢？」

假如他們隸屬於正式的軍隊，長官與部下談戀愛的確是會造成一些問題，但機動打擊群不但是一群沒接受過正規訓練的少年兵組成的機甲部隊，指揮官還是十幾歲的少女，光從這兩點而論就不是什麼正式的軍隊。

事實上八六們從沒在意過戰隊長、副長或戰隊隊員等指揮體系的上下關係，早就已經一堆人在談戀愛了，旁人也從不認為這有什麼問題。

「所以……」

講到一半，蕾娜握緊了放在膝蓋上的雙手。看到她的嘴唇又囁嚅著要說「可是」，阿涅塔終於發火了，站起來說：

「可是什麼啊，妳該不會是現在才要找藉口丟下他吧？人家都拜託妳不要拋下他了，妳也答應不會留下他一個人，結果現在又想反悔？」

蕾娜霍地抬起頭來。

她大概想都沒想到這一點吧，神情因驚愕而發青。

「我沒有那個意思……！」

「就算沒有那個意思還是一樣啊！亂找奇怪的藉口到處逃避，等到妳真的消失了，那不就等於拋下他一個人嗎？」

阿涅塔心想「妳明明被辛選上還不知珍惜」，但沒說出口。那樣太難看了。

別看阿涅塔這樣，其實她心裡也覺得有一點點寂寞。

是她自己的過錯斬斷了青梅竹馬的關係，是戰爭導致兩人形同陌路……兒時跟她玩在一起的辛與現在的辛，即使根底相同，但已經有許多地方不同以往。

當時的阿涅塔，對於兒時玩在一起的小男生懷抱著可稱為初戀的感情，而她對現在的辛已經沒有那種感覺了。即使如此，現在在他身邊的人不是自己，仍讓阿涅塔有一點點小小介懷。

讓阿涅塔看著銀色長髮的背影，不禁心想……那個人本來應該是我才對。

「我說啊，妳既然不希望辛被搶走，明明覺得自己也許不能跟他在一起，卻又還是不願意把他讓給別人的話，那妳對辛到底是什麼感覺？」

「我……」

講到一半，蕾娜抿起嘴唇。

阿涅塔看得出來她臉上寫著「不能說」。她是覺得一說就表示承認了，所以不能說。

阿涅塔不是不能體會她的心情。

承認這份心情需要勇氣。一想到承認之後可能遭到拒絕和遺棄，一定會很害怕。

更何況蕾娜選擇追隨辛的腳步，像他一樣戰鬥到底；如果遭到辛本人拒絕，一定就跟存在本身遭到否定一樣。

這種可能性只要稍微閃現眼前，就足以讓人害怕到裹足不前。

可是……

「我把妳以前說過的話還給妳，蕾娜……不快點決定的話，雞就要叫了喔。到時候才來哭就太遲嘍。」

「她給我的感覺並不像是失望，所以不想講話。」

「關於這點我也有同感。不同於原先的挑釁等等，我看那像是她原有的感情。」

砰嗡，砰呼。

某種物體伴隨著風切聲與衝擊聲——以這來說太呆笨的聲響在視野邊緣飛來飛去，辛與維克沒去理會，談著已經成為慣例的話題。

今天飯店人員已經先動手把沙發全推到了牆邊，大浴場前方的列柱中庭露出一大塊什麼也沒有的空間。「趁現在，上啊！」「幹掉他！」等看似殺氣騰騰其實只是玩瘋了的歡呼聲響起。

「不過包括訊息與態度在內，她應該是在考驗我。說條件是能夠擊毀高機動型……以及憎恨

『軍團』？這我就實在不懂了。」

「就我的想法，問題可能在於你什麼都恨不了——哎呀。」

投擲過來的枕頭沉甸甸地飛過兩人之間，把話語與嚴肅氣氛一併斬斷。

應該說，若不是兩人於前一刻輕快地後仰閃躲，兩人的側臉已經雙雙吃了枕頭。

「……嘖，沒打中。」

「偷襲失敗～……本來還以為總隊長跟王子殿下都破綻百出呢。」

一看，機動打擊群當中年紀較小的兩名少年維持著投擲姿勢跟對方這麼說。

最後他們看到總戰隊長與王子殿下不說話，居然還咧嘴笑著說了：

「是說啊，你們倆也來一起玩嘛——！還是說你們怕了嗎——！」

「怕了嗎——！」

「…………」

辛與維克都一言不發，回看著不要命的兩個天真小子。

辛是人稱「東部戰線無頭死神」的處理終端，維克則擁有「蝰蛇」此一異名，兩人都是身經百戰的將士。

被人看扁還默不吭聲，實在不合他們的個性。

「——很好，我就陪你們玩玩。」

「好啊，放馬過來吧，你們這些濫竽充數的東西。」

大亂鬥宣告開始。

「——這……」

自己對辛，抱持著什麼感情？

她不想面對阿涅塔丟給自己的問題，但不能不面對。為了不在毫無自覺的狀態下放手，她必須好好想想。

因為自己已經做出回應，說不會留下他一個人。

唯獨這件事，她覺得不可以逃避。辛那時候壓抑著害怕的心情，好不容易才願意依賴她，她不想背叛辛。

這個時段不會有人來，正適合好好審視自己的內心。蕾娜下定決心，打定主意來到浴場……卻站在列柱中庭裡愣住了。

這是因為辛、萊登和賽歐等八六少年都擠在大理石地板上，呈現一片傷亡枕藉的慘烈狀況。

所謂的「枕藉」並不是在講成語，是真的有一堆枕頭散落一地。而且仔細一看，陣亡的不只八六，連維克、達斯汀及馬塞爾也在。所有人似乎都剛洗過澡，身穿輕便服裝掛著毛巾，那種純白簡直就像一片血海——當然不像，但總之就是滿地亂七八糟的。

蕾娜家裡從來不會讓她這樣玩，因此她至今從未見識過，這種來自遙遠東方的傳統遊戲「打

枕頭仗」的終場景象。

在大廳角落把這些男生叫醒的蕾爾赫與另一人注意到蕾娜，抬起頭來。

那人有著綠寶石的翠綠與藍寶石的深藍。

「哦，這不是鮮血女王閣下嗎！……這真是在您面前出糗了呢，下官是說死神閣下。」

「鮮血——那麼您就是機動打擊群的那位？……失禮了，我是……」

「奧利維亞上尉……！」

竟然偏偏碰上最不想見到的對象。蕾娜差點沒倒退兩步，但急忙忍住了。那樣太沒禮貌，而且非常丟臉。

奧利維亞愣愣地眨了一下眼睛，旋即重拾成年女性該有的社交性笑容接著說：

「是的，我正是盟約同盟軍的奧利維亞・埃癸斯上尉。很榮幸能與您見面，上校閣下。」

「機動打擊群作戰指揮官，芙拉蒂蕾娜・米利傑上校……那個，講話就不用這麼客氣了，上尉。上尉還沒配屬到我們部隊，又比我年長，再說現在正在放假……」

八六當中只有辛對蕾娜講話仍然保持禮貌，雖然說不上來，但蕾娜就是不太喜歡奧利維亞也這樣對她講話。

雖說是小自己將近十歲的少女，但上校畢竟就是上校。奧利維亞再次驚訝地眨眨眼睛，然後才終於做出決定點了點頭。

「那麼，就這麼辦吧……請妳也稱呼我為奧利維亞。」

「好的……那麼，呃，這是怎麼回事……」

奧利維亞似乎也是剛洗過澡，一頭長長的烏黑秀髮仍綁在側頭部。色澤一如字面般光潤的較短髮絲貼在機甲駕駛員該有的緊實後頸上，即使看在同性的蕾娜眼裡依然豔麗奪目。

話說回來，他們不會是一起洗澡吧？蕾娜如此心想，但問不出口。

「呃呃……這樣說吧……其實今天正好是飯店的洗滌日。」

什麼？

事情起因自各個客房的大量枕頭正好要在今天一起送洗。

而在靜謐豪華的飯店、溫泉與氣氛悠閒的湖畔城鎮度過休憩時光，這些男生得到充分的休息，多餘體力有點無處發洩，正閒著沒事做。

這點，飯店人員當然也都注意到了。

於是反正都要洗了，高層准許他們玩點平常不准玩的遊戲；浴場館的列柱中庭沒有窗戶，天窗又夠高不會被丟中，因此獲選為會場。

就這樣，枕頭戰大賽（男子組）毫無預警地開打了。

「……事情就是這樣，反正飯店下了許可，他們也都很懂分寸地只是丟丟枕頭，希望上校不要怪罪。」

特大號枕頭又輕空氣阻力又大，只要別抓著亂揮，光是拿起來丟的話並不會弄傷布料或是讓填充物掉出來。

不用說也知道，這種東西就算直接擊中臉部也不可能把人打昏，因此這些陣亡的將士只不過是睡著了而已。他們適度消耗體力加上剛洗過澡的慵懶，又因為洗澡暫時上升的體溫開始下降，於是從昏昏欲睡的人開始脫離戰線，最後才會落入敵我雙方全軍覆沒的不幸結局。

當了兩年以上指揮官的蕾娜根據經驗，輕易就能看出他們似乎採取了兩軍對陣的形式。

不過看出來了也不能怎樣。

可能是覺得會擋到蕾娜的路，奧利維亞繼續叫醒這些男生，用蕾娜實在辦不到的輕鬆動作抓住肩頭或拉扯手臂，把他們搖醒。

一看到她的手伸向倒斃在大廳中央位置的辛時，蕾娜立刻一反常態地大聲說：

「其、其他人我來就好！」

嗓門大到躺在附近的幾個人都嚇得跳起來了。

奧利維亞也驚詫地停下手邊動作……能成功阻止她讓蕾娜鬆了口氣。

因為其他男生也就算了，蕾娜絕不允許她對辛做出那種親密……看在蕾娜眼裡實在過分親暱的舉動。

不准碰他。

「剩下所有人都我來叫醒就好，不用勞煩上尉了，感謝妳的幫忙。」

蕾娜手忙腳亂地把奧利維亞趕跑——所幸她也很配合——然後重新環顧大廳的慘狀。蕾娜膽戰心驚地踏過屍首之間，拘謹地摸摸大家把他們叫醒，然後走到還在睡的辛身邊。

說是正在睡覺，但幾乎所有人好像都只是淺眠，差不多只要碰一下或是蕾娜走過身邊就會醒來。有人則是因為身旁的朋友起身而醒來，這樣的連鎖效應靜靜地往四周擴散。

然而辛似乎睡得較沉，沒有要醒來的樣子。蕾娜在他身邊坐下，心裡小鹿亂撞地搖了搖他的身體。

「辛，起來了，不然會感冒的。」

嘴上這麼說，蕾娜卻希望他別醒來。

這樣一來，辛就是屬於自己的了。不會再跑去任何地方，只屬於自己一人。

所以蕾娜真希望他別醒來——希望能就這樣，永遠跟他在一起。

她抿緊了嘴唇。

她終於承認了。

對，她想跟辛在一起。如果可以，希望能永遠不分離。

但是想到開始追求未來、邁步向前的辛可能會拋下自己，就讓蕾娜感到害怕。害怕除了蕾娜以外其實還受到很多人喜歡的辛也許有一天會不再需要她。

再加上她對自己的共和國人身分感到內疚，無法靠自己否定心裡產生的不安。
她害怕隨時可能來臨的拒絕——想放棄承認或表達自己的心意。
一旦被辛拒絕，自己將再也無法戰鬥，將無法維持自我。
可是，她更不希望在自己放棄、假裝渾然不覺的時候有人搶走辛。
她發現自己不願如此。
既然已經發現……就無法欺騙自己。
她不希望有人搶走辛，希望辛能屬於自己一個人。所以……
蕾娜緊緊抿起了嘴唇。

†

當晚蕾娜遲遲未能成眠，睡著了以後又很早醒來，她怕會吵醒阿涅塔，於是溜出了破曉前的房間。
她穿過即使是清晨時段櫃檯仍然有人的門廳，前往玫瑰園以及草坪有如綠色天鵝絨的中庭，從那裡沿著精緻脫俗的黃銅色扶手階梯往下走。
那裡有著一個即使在夏天依然湛滿冰涼融雪水、此時無風而宛如銀鏡般的湖泊。時間太早，取代路面電車功能的渡輪沒有航班。簡直好像生物盡皆滅絕的靜寂填滿了映照群星的湖面與昏暗天球之間的虛空。

蕾娜站在無風無浪的湖邊漫不經心地想：雖然沒有看過，但大海不知道是否就像這樣。宛如只有星辰光輝閃動，無人能見且空無一物的原初或是終末之海。

就在她如此心想時，有人站到了她的視野邊緣。

「……蕾娜？」

那嗓音……

蕾娜不禁睜大雙眼，轉頭看去。

「辛……？這麼早，你來這裡做什麼？」

「可能是昨天在不正常的時間睡了一下的關係，今天醒得比較早。」

辛坐在一張圓木長椅上，蕾娜坐到他身邊，然後有意識地拉近了一點距離。一開始坐的位置太遠了，她試著消除忍不住保持距離的畏縮心情。

蕾娜尋找話題，姑且先問起想到的事情。問這件事應該不奇怪。

「瑟琳後來……怎麼樣了？」

「還沒進入正題……坦白講，又陷入僵局了。她拒絕回答我的問題。」

然後，辛忽然露出靈機一動的神情。

「……昨天的枕頭仗其實是在為這件事尋找解決方案。」

「你少騙我了。」

蕾娜先是忍不住吐槽，然後輕聲笑了起來。

好久沒有這麼自然地和辛說話了。

辛應該也是希望如此，才會好意開這種不合他個性的玩笑。

既然這樣，蕾娜也跟著開玩笑：

「要是有帶菲多來就好了。如果是菲多的話，說不定跟她溝通起來更容易喔，用比手畫腳之類的方式。」

「或許吧，但比起這個，那傢伙也差不多該懂事點了，不是只要任性要求，我就什麼都會順著它。」

在這次旅行出發前，辛就像以前上演過的悲情場面那樣，再次被迫應付吵著要跟來（大概）的菲多，此時厭煩地說道。

接著他將目光朝向開始泛白的稜線的那一頭，漸漸瀰漫薄霧的遠方。

「……關於我父親研究過的『菲多』……」

人工智慧，試作〇〇八號。異於「軍團」或「西琳」的，機械智慧的可能性。

「或許是因為名字湊巧一樣的關係，當我聽到菲多如果是那個人工智慧的說法時，我稍微這麼想，它之所以跟隨了我七年，也許是因為它真的就是那個『菲多』。」

只是根據維克或阿涅塔的說法，替試作〇〇八號取名字的也是辛，所以名字並非湊巧相同。

辛的語氣並不是在推論，而是終究就像小孩子說「假如我明天變成大人的話」那樣，是一種不具現實性的願望，實際上這是絕不可能的。「清道夫」的生產工廠再怎麼說也是軍事設施，人工智慧的試作品不可能也沒有辦法混入其中。

所以蕾娜只是配合他的願望，跟著繼續開玩笑說：

「如果是這樣的話，清查一下菲多的核心區塊，搞不好真的能找到那小傢伙喔。說不定還會跟你說好久不見呢。」

辛淡淡地苦笑。

「假如真的是這樣的話……」

講到一半……

他的笑容忽地消失了。一雙紅瞳低垂半晌陷入沉思。

「怎麼了？」

「……沒有，只是我不太喜歡那樣。」

蕾娜不解地眨了眨眼睛。

這樣前後矛盾了。況且蕾娜以為他雖然想不起來，但仍覺得有點懷念，所以希望現在身邊的這個菲多能夠是那個兒時好友，難道不是嗎？

「如果『菲多』還活著，而且完成了，不是就能夠代替人類戰鬥嗎？我不希望變成那樣。假設現在這個菲多只要經過改造就能戰鬥好了，但我還是不想讓它上戰場。『菲多』也是，我不想把不是為了戰鬥而生的人工智慧，改造成戰爭工具。」

不會因為它沒有生命，不是人類，就想讓它去戰鬥。

「菲多」對蕾娜而言，是真正的「陣亡者為零的戰場」實現的可能性。

對辛而言——那一樣是戰友以及兒時好友在戰場上的死亡。

「菲多的殘骸不是留在『破壞神』和慰靈碑旁邊嗎？那是它在特別偵察的最後階段為了保護我而戰，結果被打壞了。我不想讓那種事再度上演。我不想——再看到它死。」

即使是不具人形與生命，外觀樸拙的自動機械也一樣。

忽然間，仍然盤據內心角落的不安衝口而出。

那麼，我也是嗎？

你現在是否仍然不願看到我死……甚至只是消失不見？

「除了菲多……以及八六之外，你也會這麼想嗎？」

紅瞳輕輕瞄了蕾娜一眼。

「妳最近就是在為這件事煩惱嗎？」

蕾娜驚愕得當場僵住。

可能是她盯著辛看得太專注了，辛露出明顯的苦笑。

「我不是說過嗎？等妳想講，我隨時願意聽……真要說的話，其實大家都發現了。發現我們獨一無二的女王陛下心情不好。」

蕾娜心頭一驚，抬起頭來；就在這個瞬間，這天的第一道陽光射向地面。

曙光掃除黎明的黑暗，開展出被趕到一旁的星辰微微閃爍的，清晨特有的澄澈藍天。

以這片天空為背景……

「關於妳剛才的問題……對，我不想要任何一個同伴死。我從不覺得可以少掉哪一個人也沒差。因為我不想失去他們，所以才會帶著他們走到現在。如果可以，我想走完整段路程。所以妳也是……那個，妳如果不在了，會讓我不知所措。」

這句話宛若荒野中的甘霖般，滲透進蕾娜的內心。

對，從一開始辛就是對她這麼說的。說蕾娜是共和國國民，但同時也是八六的女王。說蕾娜可以將這裡當成歸宿。

也許這不是專屬於她的安身之處。

即使如此，辛畢竟是為她指點了一個歸宿。他告訴蕾娜，她可以留在這裡。

用他那不知拯救過蕾娜多少次的，平靜如水的溫柔。

啊啊。

我果然對他……

但辛在看著黎明曙光的同時，卻不禁有點沮喪。

剛才無庸置疑地是最該表白的時機。但自己卻臨陣退縮，用「不知所措」這種曖昧的字眼含糊帶過。

要是被萊登或賽歐知道，自己一定會被狠狠削一頓。這讓他覺得有點煩。

再說，辛並不想跟蕾娜說什麼他不想讓任何人死之類的話。他本來是決定放在心裡就好。

自己的話令自己耿耿於懷。

因為自己……

不想讓任何人死……所以「她」……

阿涅塔醒來的時候蕾娜不在，到了早餐時間才回來，但她跟自己同桌吃早餐——也就是沒跟辛同桌，讓阿涅塔傻眼地覺得這個女生怎麼還沒下定決心。

就在她做如此想時，蕾娜突然說了：

「阿涅塔，我決定了。」

「嗯？」阿涅塔回看蕾娜，她聲音忽然又變小到幾乎聽不見，忸忸怩怩地接著說：

「我要跟辛……那個，說我喜歡他。」

阿涅塔睜大了雙眼。

然後她「砰」一聲地站起來，把兩隻手用力放到眼前閨密的肩膀上。

「這樣啊！妳終於下定決心了，加油喔！」

蕾娜慌張地說「妳太大聲了」，但辛早就吃完了早餐不見人影，其他人大多也都心知肚明，所以沒造成任何問題。

†

蕾娜好不容易才有了堅定的決心，但奧利維亞上尉又來飯店露臉了。

「好了，孩子們。就跟昨天一樣，你們一定又開始閒著沒事做了吧？」

今天她的嗓音仍然如弦樂器般華麗優美，是一種慣於命令下屬的甜美聲調。

蕾娜偷偷心想「真不希望妳來」，只是沒寫在臉上。

「如何？有沒有興趣來場地下探險啊？」

「我國的靈峰伍爾斯特山，以及聯合王國的天險龍骸山脈，這兩座山的名稱其實有著相同的由來。」

奧利維亞將軍靴踏得喀喀作響，走在顯然與自然洞窟不同，但又不像是以機械開挖，彷彿由某種生物胎內般平滑的岩壁、地面與天頂構成的通道上。參加者都是體力充沛、生性好動的少年少女，轉眼間就沒人照隊伍走了，但即使幾個人並肩而行，寬廣得不合人體尺寸的通道仍有著充足的空間。

「我想王子殿下應該已經知道了。」奧利維亞先講句開場白，然後如哼歌般繼續解說：

「過去原生陸獸逃命的最後一個地點就是這些山嶺，牠們在龍骸山脈遭到獨角獸王室狩獵殆盡，因此有了這個名稱——伍爾斯特山也一樣，是最後一頭爬龍（Wurm）的窩巢（Nest）。甚至有傳說指出，倖存的爬龍還躲在山中的某處。」

奧利維亞讓鞋跟發出一聲清響，回過頭來。以矮小人類的個頭與軀體來說，這個有著高聳天頂與異常寬敞空間的岩石圓頂大廳幾乎可說無用武之地。

盟約同盟將這裡命名為「前廳」。至於這裡原本的用途為何，世上已經無人知曉。

「這座地下大迷宮確實是牠們留下的。去探險吧，孩子們。也許還有些東西躲在裡面喔。」

「——我是不想潑冷水，但我看不太可能吧？那都幾千年前的事了啊？」

「就只是那種設定的探險活動而已啦。這樣也滿好玩的呀。」

安琪一如她的語氣般顯得躍躍欲試，拉著達斯汀不斷往前走。達斯汀有點心慌意亂，他是第一次看到這樣的安琪。

從聯合王國返回聯邦後，達斯汀請安琪帶著他到不熟悉的聯邦市區逛過幾次，但那終究只是同個部隊的同袍照顧他一下罷了，並不是什麼約會之類的。

真要說起來，安琪……應該並不討厭他，但也不是那種喜歡。

所以安琪現在這樣一直拉著自己走，好像要讓他離開那些仍然成群結隊的少年少女，也並不是因為想跟他獨處。

回頭一看，隊伍裡有一些人一面找藉口一面三三兩兩地脫隊走向幾條岔道。達斯汀發現陪芙蕾德利嘉走的萊登若無其事地跟安琪交換眼神，這才反應過來。

萊登、賽歐、西汀或安琪早就決定這麼做了，為的是拉他們忸怩不前的死神與女王一把。

於是達斯汀環顧四周，裝做沒事似的跟對上眼的人說了：

「尤德，前面轉一個彎好像有瀑布喔。」

「我去看看……滿陽，我們走吧。」

「好喔。」

他們倆也自然而然地走進岔道，滿陽豎起大拇指，尤德邊點個頭邊走過去。轉過頭來的安琪也在被身體擋住的位置握拳讚賞他的表現，他這才鬆了口氣。

等完全脫離隊伍彎進別條通道後，兩人不約而同地停下腳步。

「幫得好喔，達斯汀。」

「那就好……只是他們倆最近又開始尷尬了，不要緊嗎？」

「這次換蕾娜看起來怪怪的……但我們可沒不知趣到那種地步，什麼事情都愛幫忙。」

聽起來有點像是「我們可沒那麼體貼」。

安琪覺得真要說起來，既然辛不肯給可蕾娜一個機會，那就應該更加努力，卻偏偏只有這種時候特別謹慎或者說沒膽；而蕾娜也沒好到哪去，看她那樣都有點婚前憂鬱症了。安琪不滿又焦急地噘起薄唇。

「你們的死神與女王陛下，還真是受你們愛戴呢。」

「是呀。特別是辛，我們還希望可以對他再保護過度一點呢。」

原來如此，雖說是做過安全確認的觀光景點，但大迷宮可不是虛有其名。

迷宮裡刻意減少燈光營造昏暗空間，通道又一再複雜地分岔。異樣光滑的岩壁含有玉髓成分而呈現不可思議的透明感，即使每次走到岔路都確認一遍地圖，這個空間的非日常感仍然很容易讓人忘記自己置身何處。

走著走著，周圍的其他八六一個兩個地消失，蕾娜一回神才發現自己身邊只剩下辛一個人。

「……？大家都到哪裡去了……」

「有的是走進岔道去找樂子，有的是說要賽跑就跑遠了……我是覺得太刻意了。」

看到蕾娜愣愣地偏了偏頭，辛搖頭表示沒什麼。

「再往前走一段路就是圓頂王座廳，似乎可以看到原生陸獸的完整骨骼化石。走到那裡之後我們就折返吧。」

「好……太晚回去也不好，而且總覺得好像會走不出去。」

稀少的燈光加上原始岩石的牆面讓通道有種封閉感，有點可怕。蕾娜壓抑著這種感受縮起肩膀，辛略略回看她一眼，伸出一隻手給她。

「燈光很暗，小心走路摔倒。」

「啊……謝謝。」

看來不安的感受被他看穿了。蕾娜心懷謝意地讓他牽著手，跟隨著他像嚮導般走在自己半步前方的腳步。

她發現自己與辛散發著同一種香皂味。

聽說香皂裡添加了飯店特別調合的獨創精油，浴場或客房洗臉台放的都是這種香皂。每次在浴場或是早上梳洗時，留在身上的淡雅芬芳讓蕾娜覺得既新奇又喜歡，因此沒有擦平時使用的紫羅蘭香水。

所以，兩人身上有著同樣的香氣。

簡直就像其中一人的餘香留在另一人身上。

無意間產生這個念頭，讓蕾娜更進一步聯想。

所謂的餘香——記得應該是……

一夜之後的……

蕾娜的臉頓時變得紅豔似火。雖然她早就知道有這種說法，但對蕾娜來說光是想像刺激都太大了。

至於辛也許是沒注意到，或是即使香氣相同也不覺得怎樣，蕾娜抬眼偷偷一瞥，但那白皙的側臉還是一如平素地感情淡薄。

蕾娜不高興地噘起嘴唇。

沒錯，是自己擅自胡思亂想又擅自心跳加速，但只有自己心情這麼浮躁，好像她是個笨蛋一樣。

但蕾娜不知道，其實只是因為她心情浮躁又心跳加速……因為一點都不冷靜，心跳聲吵得她心煩，所以沒察覺到牽著的手有多涼——辛有多緊張罷了。

所以，蕾娜不禁希望辛也能稍微抱持跟她相同的心情，在這種心情的驅使下自然而然地開口說：

「那個……最近真對不起，害你擔心了。」

不知不覺間，兩人已來到了剛才辛所說的圓頂王座廳。

大廳裡有著磨削岩壁而成的皺褶花樣牆面，以及這種花樣遠遠伸向頭頂上方集合而成、描繪出蛛網花紋的圓頂天篷。莊嚴的氣度幾乎能吸走瞻仰者的靈魂。

在深處的整面牆壁上，巨大到令人不敢相信竟是生物的巨大骷髏，尖銳的眼窩彷彿王座上的君王，又彷彿古代神殿的狂暴神靈，帶著教人窒息的嚴肅俯視兩人。

蕾娜不敢迎向轉向自己的血紅眼睛，繼續低著頭說下去。不知不覺間，她握緊了依然牽著的那隻手。

「不過……我很高興，很高興你為我擔心。因為……」

因為……

紅瞳俯視著她。

眼中映照出自己的身影，是如此讓蕾娜高興。

「我……」

偷看著這樣的兩人……

「哎呀，這樣看來……」

「不用懷疑了，這比我們期待的……」

「氣氛更浪漫哪。」

安琪、賽歐與芙蕾德利嘉待在兩人沒走的另一條通道偷窺，異口同聲地說。

他們貼在拱門型出入口的岩石背後藏身，只探出頭來偷窺。同個地點還有萊登、可蕾娜、西汀、馬塞爾、維克與阿涅塔，男女各據一方按照身高順序，用跟三人大同小異的姿勢窺探圓頂大廳內的情形。

「之前有那麼多時間，結果還是蕾娜主動開口啊？那個笨蛋真的還是一樣笨耶。」

「哎，又不會怎樣嘛，萊登。那句話是怎麼說的？就是結果最重要啦。」

可蕾娜擺著臭臉憤憤地說：

「我還是有點不爽。」

「真巧哪，可蕾娜，余也是。」

「我倒想問妳，庫克米拉，妳到底要承認妳單戀諾贊還是否認？差不多該有個結論了吧。」

「單……我、我才沒有！才不是你想的那樣！」

「我覺得問題就出在妳這種反應喔，庫克米拉。」

「……殿下，那個，身為顯赫的聯合王國王子，如此未免……」

「夠了，可蕾娜、馬塞爾和蕾爾赫都是，嘰嘰喳喳的很吵耶。安靜，不然會被發現的。」

「這……！下官只不過是在進諫殿下罷了，並沒有像各位這樣偷窺……」

「嘰嘰喳喳的吵死了。」「住嘴，七歲小孩。」

「真是慚愧……」

日前的對話似乎讓蕾娜解決了煩惱。

既然如此，那麼在她解放內心糾葛之前暫且保留的心意，應該可以傳達給她知道了，於是辛拿燈光昏暗當藉口牽了她的手。

辛本來是打算順勢表達心意，然而反常的緊張堵住了他的嘴。

因為，他與蕾娜身上有著同樣的香皂味。

可能因為視野幽暗不明的關係，總覺得其他感覺相對地變得敏銳。自己與她散發著同一種香皂味。由於自己不會發出腳步聲，使得銀色長髮如絲綢來回滑動的聲響清楚地傳進耳裡。牽著的纖薄手掌──只有今天比自己更熱。

等到了目的地的圓頂王座廳，就在那裡告白吧。

辛明知自己在逃避，但仍用充斥著自己心跳聲的吵雜腦袋勉強重新下定決心。

然而蕾娜先叫住了他，他一時沒注意就轉過頭去，結果在四目交接之下變得無法動彈。

「因為，我……」

辛紋風不動地站著，只等著面對接下來的那句話。

白銀眼眸仰望著他。

那雙眼眸中只有自己的身影──讓辛覺得很高興。

阿涅塔忽然注意到一件事，說：

「對了，安琪，達斯汀人呢？你們不是一起的嗎？」

被這樣一問，安琪抿起嘴唇。他們半路上還在一起的。

「達斯汀他……我玩探險遊戲玩得太專心，跟他走散了……」

因為，安琪是真的覺得好像很好玩，一時忍不住就……

話語一旦脫口而出，接著就好像情溢於表，毫無抵抗地流串成句。

此時，她只看得見眼前這一人。

「辛，我……」

我對你……

這時「喀答」一聲，像是不慎踩到大顆石頭發出的聲響，不識相地闖進了兩人之間。

「呀！」

蕾娜嚇得往後方跳開好大一步。

辛也不免吃了一驚，上半身略為後仰。

兩人一個向後跳開一個上身後仰，維持著這個姿勢望向聲音來源——通往這個圓頂王座廳的幾條通道之一。

「……有人在那裡嗎？」

不過，當然絕不會是什麼倖存的傳說生物。

躲在暗處的某人煩惱了半天該裝成蟲子還是學貓叫矇混過去，但最後還是慢吞吞地現身了。

一個白銀髮色的高個子毫無意義地舉手投降。

「抱歉，是我。」

是達斯汀。

「…………」

蕾娜與辛都忍不住一言不發地回看他。

平常就面無表情的辛也就罷了，連蕾娜都睜大一雙不帶感情的白銀眼眸注視著達斯汀，把他嚇得畏縮不前。簡而言之辛與蕾娜都只不過是因為事出突然，而按照生物的本能僵在原地罷了，但即使如此，無言的凝視還是挺嚇人的。

「呃，那個……………………………………………………別在意，你們繼……」

說時遲那時快，從達斯汀的背後伸出好幾隻手來，抓住了他的肩膀、後頸、手臂或是衣服。

然後，一瞬間就把他拖進了通道深處。

身材高大的達斯汀連一聲慘叫都沒有，就消失在走道的另一頭。

「…………」

話雖如此，蕾娜可沒有粗神經到這樣還能平靜自若地繼續表白，辛也沒遲鈍到能叫她繼續說下去。

「呃……」

尷尬的沉默降臨現場，只聽得見自己心臟連續亂跳的聲音。

成群魔掌把達斯汀拖進燈光照不到的昏暗狹窄岔道，當然下手的人是萊登他們。

「達斯汀，我說你啊！」

「難得剛才氣氛正好的說！」

「不要去壞人家好事啦！識相點好嗎，你跑出來幹嘛啊！」

「葉格，你這傢伙是笨蛋嗎！還別在意繼續咧，你這笨腦袋。」

這陣子懸而未解的問題總算有望得到解決，卻半路殺出程咬金，把所有人都氣炸了。就連平時稱呼他人略帶體恤之意的維克，都氣到忍不住叫他「你這傢伙」。

達斯汀四處張望求救，遠遠看到他苦苦尋找的安琪……用燦爛的笑容注視著他，讓他知道自己大限已至。

她氣壞了。

「…………………………………………………………抱歉。」

雖然遭到嚴重干擾，但心臟還在怦咚怦咚跳個不停，所以蕾娜重新打定主意，決定乾脆就這樣一吐心意。

她一次又一次壓下一鬆懈就會顯露在臉上的畏縮，暗自拿定主意。

「那個！」

發出的聲音比想像中還大。

她被自己的大嗓門嚇了一跳，害得好不容易下定的決心又軟弱無力地縮回去。

原本想說的話都到嘴邊了，卻怎樣就是說不出口，蕾娜嘴巴一張一合。

結果她講出了不相關的話來。

「你好像常常跟盟約同盟的奧利維亞上尉說話……」

腦中某個冷靜的角落，對自己表示厭惡。

這樣簡直好像在吃醋一樣，好丟臉，好難看。

……不對。

之所以覺得難看，不是因為「好像」在吃醋。

自己是在吃醋，在嫉妒奧利維亞。

豈止如此，其實自己很嫉妒辛身邊的所有人。嫉妒能在蕾娜幫不上忙的最前線與辛並肩奮戰，受到他信賴的可蕾娜與安琪，嫉妒被辛當成妹妹的芙蕾德利嘉或從小認識的阿涅塔。嫉妒葛蕾蒂能成為他可靠的長官，嫉妒與他同性的萊登或賽歐，以及不知為何滿常跟他有話聊的維克或同梯的馬塞爾，甚至嫉妒根本不是人類的菲多。

因為，她也想讓辛依靠。

假如辛要找人商量，她希望能成為第一人選。

她不希望辛去看其他女生。

「那個……你是不是喜歡那一型的？」

萬一他說「是」，那該怎麼辦？

光是想像都快心碎了。她好怕聽到答案。

然而面對由衷恐懼不安地抬頭看自己的蕾娜……

「啊？」

辛卻露出了真心不解的納悶表情。

該怎麼形容？就好像對方問他「辛你喜歡這盒點心裡的哪一個？」遞出的卻是工具箱一樣，那種完全無法理解問題含意時的表情。

蕾娜以為他的回答不外乎就是「是」或「否」，而且希望可以是「否」，卻收到這種意想不到的反應，讓她滿腦子都亂了。

「啊……啊是什麼意思？」

辛仍然是一臉疑惑。

「的確有些人是喜歡那種的，實際上那在第八十六區也並不稀奇，但我不是那一種的。應該說，妳怎麼會以為我是那樣？」

「呃……？」

對話似乎牛頭不對馬嘴。在前提條件上，有著某種重大的差錯。

雖然雙方都知道是這樣，但一時都無法想到是哪裡出錯了。

先反應過來的是辛。

「蕾娜，妳該不會是誤會了吧？」

「誤……誤會什麼？」

「奧利維亞上尉已經跟人訂婚了，況且——上尉是男的。」

「——什麼嘛，難怪覺得妳臉色有點怪怪的，但真沒想到會發生這種誤會。」

奧利維亞聽到之後並不生氣，只是哈哈大笑，蕾娜頭抬都抬不起來。

原本各自散步的八六們回到了一開始集合的前廳來，在那裡跟看書等大家的奧利維亞會合，然後就變成現在這樣了。

經辛這麼一說，的確只要不認定成女性，奧利維亞怎麼看都是男的。雖然五官比較中性，嗓音聽起來也像是有磁性的女聲，但骨架子、肌肉結構或肌膚質感完全屬於男性，不用仔細端詳也知道胸部沒有隆起。

「對不起……那個，因為上尉留長髮，擦的又是女用香水，所以我才把你誤認為女性……」

「噢。」

奧利維亞一面苦笑一面掬起自己的長髮。輕柔飄散的香水味是六月清晨的玫瑰。

「這是我未婚妻以前愛用的香水。因為駕駛員不能戴戒指，所以用香水代替。留長髮也是我與她之間的誓言……妳可以笑我放不下沒關係喔。」

由於戴戒指會妨礙操縱又可能造成意外傷害，因此無論在哪個國家，駕駛員即使是訂婚或結婚戒指也都不會配戴。

但是，竟然因為這樣就擦同一種香水。

蕾娜感覺到他對未婚妻的珍愛，覺得既溫馨又有點羨慕……然後才注意到一件事。

「以前」愛用的香水。

是過去式。

而且他說留著長髮不剪是為了遵守誓言。還有他說過的話。

可以笑我放不下沒關係。

「奧利維亞上尉——請問上尉的未婚妻……」

「三年前走了……被『軍團』帶走的。」

蕾娜無地自容地別開目光。自己之前還嫉妒他與辛的交流，但那……

「上尉常常跟辛說話，難道是因為……」

奧利維亞冷冷地嗤笑了。彷彿舊傷裂開，彷彿執念或幽魂般虛妄的執著。

「我想問上尉她是否真的受困於它們之中，如果是的話，她現在人在哪裡。畢竟這種問題不適合初次見面就問，所以我找上尉講了幾次話。」

蕾娜這才明白奧利維亞的實力絕非來自異能，而是這份虛妄的執著。留長的頭髮、戀人的香水，還有女性名稱的個人代號，恐怕全都不是取自英雄公主安娜瑪利亞。

辛之所以目光微微低垂——而且才剛跟奧利維亞認識沒多久，就熟到讓蕾娜嫉妒的地步，是因為辛過去也同樣彷彿心懷虛妄的執著般，追殺過自己的哥哥。

「因為假如她變成了『軍團』——讓她安息的人，必須是我。」

†

『——辛耶・諾贊。本機已聲明，不會再回答問題。』

「妳是說過……但是，我不記得我有答應。」

於是，辛站在最後一件懸而未解的問題前面。瑟琳的金色光學感應器隔著拘束室的窗戶注視著他。

辛認為在那金光當中，從一開始就有種渴望。理應冰冷而不具情緒表現的光學感應器透露出一種眼光。

到這時候辛才發覺，她從一開始就在苦等著什麼——等著某人。自從她將短短的一句「來找我吧」傳送給不知何時能收到的陌生人時就是如此。

「之前我問過妳為什麼要製造『軍團』——我想聽妳的答案。」

辛雖然這樣問，但其實已經猜到八成。這麼一來她至今的沉默與試探性的言行……她那異常的慎重態度，就全都說得通了。

假如「菲多」——父親過去研究的人工智慧完成了，共和國早已經真正實現了陣亡者為零的國防。

然而聽到這件事，辛卻產生了排斥感。就算現在真的找到了「菲多」，辛也不會想讓它代替聯邦、聯合王國或共和國的軍人去對抗「軍團」。

但是，若是換成不認識「菲多」的人……

對它沒有特殊感情的人，想必會做出相反的抉擇。

就連有意開發人工智慧作為人類好友的父親，假如必須從人類或人工智慧當中擇一作為戰力，或許也會選擇量產「菲多」送上戰場這條路。

同樣地，瑟琳也是。

生前正在開發「軍團」的她也是。

——我好希望，你能回來我的身邊。

即使是現在，辛一樣能聽見她生前的最後思惟。

倘若她於臨死之際呼喚的人，是她那據說死於自己人誤炸的哥哥的話。

倘若她直到最後一刻，都希望曾經身為軍人的哥哥沒死，能回到她身邊的話。

「妳製造『軍團』——是為了讓它們代替人類而戰，是吧？為了不讓更多帝國兵，更多人類死在戰火當中。」

金色如月的光學感應器無聲無息地看向了辛。

她製造只會毀壞而不會死亡的「軍團」……

製造不會恐懼、不會厭膩、沒有傷痛，為了戰鬥而生，只為戰鬥而存在的機械——是為了代替沒有「軍團」就得在戰場上成千上萬地死去的同胞。

不是為了讓它們殺人，是為了不讓人喪命。

「然後，因為妳直到現在仍然不願坐視人類的傷亡——擔心妳手上的情資萬一不慎洩漏，『軍團』的相關技術會被用來侵略其他國家，所以才會這樣試探提供情資的對象，想看清楚對方的人格嗎？」

年幼的維克只是想讓死去的母親復活。

至今面容依然模糊的父親，只是想用人工智慧給人類一個朋友。

而與兩人有過交流的瑟琳，也只是……

「妳從一開始就只是——想保護人類罷了，是嗎？」

她並不希望看到任何人喪命……就跟辛一樣。

瑟琳沉默了半晌。

繼而……

『——提問。』

這話問得嚴重失去平靜，好像想裝出冷笑與冷酷卻失敗了一樣。

『若是如此，火眼如何因應？身為八六的火眼是否要寬恕「軍團」？脆弱的，在「軍團」侵略下死傷慘重的八六……原諒奪走火眼故鄉、家人、同胞的存在？即使可能正是本機與其他「軍團」讓火眼的家人與火眼為敵？』

辛一時之間噤口不語。

在這一時之間，湧上心頭的巨大感情——自從知道哥哥戰死並淪為機械亡靈後已經過了七年，讓他安息之後過了兩年，辛至今仍不知道該賦予這種感情何種名稱。

「……對，妳說的……的確沒錯。」

語氣中並無唾棄，聲音彷彿只是脫口而出。

辛根本不想對付哥哥。但他是「軍團」，被迫變成了「軍團」。不破壞那具軀殼，哥哥恐怕將永遠困在機械亡靈之中，不斷悲嘆——所以，辛實在無法拋下他不管。

所以只能戰鬥。

她說那件事的遠因就是辛眼前的這架斥候型，她說得確實不錯。不是可能，就是眼前的她讓哥哥變成了自己的敵人。

『本機再問一遍。既然如此，火眼為何不會心生怨恨？為何不會對本機心生憎惡，感慨怨嘆？為何——即使如此仍然能寬恕本機？』

辛微微瞇起一眼。寬恕？

「我並沒有原諒你們……真要說起來，我根本不恨你們。我不想恨你們，那樣做沒有意義。」

如果有人說辛不正常，或許確實如此吧。

家人或故鄉都遭到剝奪，卻不憎恨罪魁禍首。這恐怕不是正常人該有的反應。

即使如此，他還是恨不了……他不想恨，也無法去憎恨。

因為他體會過了。

他明白即使怨恨白系種、世界或「軍團」，逝去的人也不會回來。

即使憎恨些什麼，世界、「軍團」或白系種也不會同情他蒙受的痛苦或哀嘆。

怨恨或憎惡都不能帶來什麼。

只是空虛罷了。因為他徹底明白到——這樣做毫無意義。

再說……

「我不希望去怨恨什麼或憎恨什麼人——使我墮落到與奪走我一切的那些人相同的境地。」

因為這是八六的——他的尊嚴。

除此之外，連正常的嗟怨或憎惡都產生不了的八六已經一無所有。

在視野邊緣，他看到蕾娜宛如祈禱般在胸前合握雙手靜靜旁觀。

霎時間，他發現了。

他感覺自己似乎稍微明白了一點，她的心願代表的含意。

世界與人類都並不良善。

世界與人類全都既冷酷又殘忍——但是，她也不認為冷酷、殘忍與下流是人類該有的正確樣貌。

她不願那麼認為。

一邊是多到讓人厭煩，不忍卒睹的下流行徑；一邊是寥寥可數，值得景仰的高潔情操。如果要選一邊站，她寧可選擇高潔而不是下流。

這份心願——蕾娜形容為「世界必須美麗」。

即使知道這世界惡毒而冷酷，但絕不認為這是對的。她絕不屈就於冷酷的現實，不是視為一種需要追求的理想，而是作為自身尊嚴的宣言。

也許兩人以往看見的世界並不一樣。辛至今仍無法像她那樣相信世界或人類。即使如此，他寧可相信至少不願屈服的意志是相同的。

所以他的這種反應——也不是寬恕。

「妳應該也不是希望我原諒妳吧……妳只是不認為現在這個世界是正確的，不願意接受所以想去改變它。」

改變人在戰場上不斷死去的世界。

改變人在戰場上自相殘殺的世界。

以及改變人類遭到她催生問世的「軍團」不斷殺害的世界。

「妳不想看到任何人死。生前也是，現在也是。因為妳希望如此，所以過去想阻止戰爭，現在則是——想阻止『軍團』，對吧？」

長長的沉默降臨現場。

到最後，瑟琳——「無情女王」回應了。

『——「是啊」。』

彷彿沉重而漫長的嘆息。

而且，用的是初次聽見的人類語言。

『是啊，沒錯。即使事到如今一切都成了過錯，但「我」本來是想拯救人類的。』

這番話恰似懺悔，落在受到隔離的密室裡。

落在以強化壓克力板為區界的拘束室與觀察室裡。就如同罪人與祭司透過隱藏雙方真面目的隔板，在密室中進行告白與赦免的告解室（玫瑰花下）。

繼而，她說了。

說出在場所有聯邦、聯合王國與盟約同盟的軍人期盼已久的發言。

『好吧……我就回應你的要求，說出我所知的一切以及想傳達的情資。不過我有個條件……辛耶．諾贊，以及作為見證人的維克特．伊迪那洛克。我只告訴這兩個人，其他人請離開。──記錄、觀測或通訊裝置也必須全部關閉。』

†

瑟琳的發言儘管極其重要，卻不是很長。

然而維克聽完之後嘆了口氣。

極少心生動搖，即使有所動搖也不會溢於言表的冷血蛇類──彷彿不知如何宣洩感情般長嘆了一口氣。

「沒想到──……」

維克暫時關閉與拘束室相連的麥克風，輕輕搖了搖頭。按照對方的要求，所有人都離席了，觀察室裡只剩下他們兩人。

「沒想到真的是讓所有『軍團』停止運轉的方法。然而……」

沒錯。

「無情女王」──瑟琳提出的，正是於大陸全境展開的所有「軍團」的停止代碼，以及它的啟動步驟。

然而……

維克忿忿地搖頭，接著說：

「不能實行就沒意義了……豈止如此，若是不假思索地公開，人類甚至會從內部崩潰。」

只有一處據點能夠發送停止代碼……就在目前受到「軍團」支配的區域深處，過去的帝國要塞之中。

這還不打緊。縱然位於「軍團」支配區域之中，只要收復該處就行了。機動打擊群正是為此而生的部隊，況且如果這樣真能讓「軍團」戰爭終結，他們也能從其他正面陣地抽出兵力一舉加以壓制。

問題在於代碼的發送者。

要發送停止代碼——登錄並更新發送代碼的「軍團」最高指揮權限者，需要經過齊亞德皇族的認可。

具體而言就是核對基因。唯有憑藉著他們那尊貴的血統——六年前遭到聯邦軍全數殲滅，如今已經一人不剩——才能夠重新登錄指揮權限的保有者。

憑著十年前在革命中滅亡的皇室血統。

藉由如今沒有一人繼承的，皇帝的王室藍血。

「只要能更新指揮權限——知道其他的代碼就能任由該名指揮官操控『軍團』，這雖然也很離譜……但使其停止的方法更是不妙。竟然是因為聯邦毀滅了帝國，造成人類永遠失去了停止的方法。」

大概就連他都真的覺得不妙吧。他用一副明顯的苦澀表情嘆氣，然後似乎就這樣整理好了想法，單以視線看向辛。

「我們讓瑟琳提出其他情資，向三國的情報部公開。我想只要有最近的作戰計畫，或是支配區域生產據點的位置資訊就夠了……這樣可以吧，諾贊？」

「嗯。」

辛縝密地武裝起表情與聲調，簡短而謹慎地點頭。

他知道自己不太會把感情表現出來。自從將近十年前險些死於哥哥之手以來，他就扼殺了自己的感情。

當時養成的習慣——只有這一刻令他心存感激。

這件事不能讓任何人察覺，即使是維克也不例外。

「『軍團』」是「有辦法阻止的」。

只要占領了發信站，現在立刻就能阻止。

幸好已經先屏退旁人了……不然誰也預測不到會有什麼人採取何種行動。

維克不知情。

就連蕾娜、阿涅塔、萊登與賽歐、安琪與可蕾娜以外的八六也都不知情。

但是，西方方面軍的將官們——至少其中的一部分不是如此。

過去與恩斯特一同抓住「她」，並且放她一條生路的人……

他們知道她還活著。

假如他們得知這項事實，會採取何種行動？辛無法預測。

也無法預測那樣到最後——她會發生什麼事。

芙蕾德利嘉。

齊亞德帝國最後的女皇帝，奧古斯塔·芙蕾德利嘉·阿德爾艾德勒。

# 第四章　星光之藍

然後，到了最後的夜晚。

在盟約同盟休假的最後一晚來臨。

由於晚上預定舉辦一場社交禮儀的研習派對，要求待在盟約同盟的八六全員參加，因此這天幾乎所有人從一大早就忙著做準備。飯店人員以及為了這天請來的樂隊也是。

當然，身為主角的八六少年少女們也不例外。

「……哇啊。」

「好棒喔，好漂亮～……」

機動打擊群的處理終端——未成年的八六們文件上的監護人都是聯邦的政府高官或前貴族。簡而言之就是上流階層。而置身於上流階層的人，事事必須顧及顏面或威信。要在外國人面前亮相的場合就更無須贅言了。

縱然這些年少的八六只是他們文件上的監護對象，並未收為養子也一樣。

因此為了參加派對，由聯邦各位監護人大老遠寄給處理終端少女們的晚禮服，可說相當華麗動人。

看到從各自印有家徽、綁著緞帶的箱子裡拿出來的，為了今夜而準備的服飾，不只是除了戰場之外一無所知的幾名少女，就連飯店安排的女性髮型師或化妝師都看得兩眼發亮。這些都是各大豪門的私人設計師精心製作的，聯邦最新流行款式的禮服。

有華美的紅色，以及惹人憐愛的桃紅。有清新的藍色及高貴的紫色，還有清秀的純白與嚴謹的黑色。這些有的是絲綢、雪紡或絲絨，有的是蕾絲或皺褶，隨著質料改變它們的氣質。再綴以金銀刺繡、緞帶或串珠、精緻的人造花或是算準在此日此刻盛開而摘取的鮮花。

為了配合十幾歲少女的年齡而較為低調卻璀璨亮眼的飾品，在晚禮服的胸前、手腕或盤起的頭髮上熠熠生輝。

相較於女生各自以不同禮服打扮自己，男生則統一穿著聯邦軍制服的一種，也就是晚宴服（Mess dress）。這是偏黑色的鐵灰色扣領型西裝外套，下面大身襯敞開。亮白的絲綢襯衫與暗紅腹帶和外套的暗色系相映成趣。外套滾邊與折起的袖口刺繡採用暗沉的銀色，紀念獎章在左胸一字排開。襯衫袖子的雙疊袖以紅黑雙色鷹羽袖釦扣住，反射著沉斂的光彩。

在聯邦，士官與基層士兵可向軍方借用軍服，但軍官就必須自掏腰包購買。兩者的差別在於過去軍官是貴族，必須配給兵器給率領的士兵；士官與基層士兵則是臣民，屬於受到徵召並領取兵器的一方。這是聯邦自帝國時代延續至今的習慣之一。

不過也因此，軍官被默許對軍服進行改造。儘管現代為了維持戰力，已經規定戰鬥服或機甲戰鬥服必須採用統一規格，不過與戰鬥無關的禮服或晚宴服，多少做點更動並不會受到責罰。具體來說包括改變質料或是調整染料深淺，以及更改刺繡圖案或替換袖釦。

這也是自帝國時代以來的習俗。

因此說是統一穿著聯邦軍的晚宴服，但這些男生穿的服裝卻各有不同細節，鐵灰色的深淺也配合髮色、眼色或膚色而略有差異。即使不像女生的禮服那麼明顯，但男生這邊一樣也受到了擔任監護人的前貴族或政府高官，為了愛慕虛榮或是維持自尊而帶來的影響。

或者即使稱不上親情，但也算是他們的一點慈悲心。

維克看他們一眼，揚起一邊眉毛。他也一樣穿著聯合王國的舊式打領巾晚宴服。

「哦，穿起來果然好看。還真是經過一番精心打扮呢。」

包括禮服或西裝在內，男性服裝有很多起源自軍服。

例如西裝源自單排釦款式的勤務服，立領學生服當然也來自立領軍服。無尾禮服也是源於軍方的晚宴服。

換言之，這些都是專為戰士設計、量身打造的服飾。

從身高發育時期就在戰場上長大，為了戰鬥而鍛鍊自己、體格精悍的八六們穿起來當然十分好看。

然而……

萊登一邊不自在地拉扯扣起的衣領，一邊厭煩地說：

「老實說，這讓我透不過氣。」

「早點習慣吧。」

賽歐同樣不耐煩地說：

「為什麼非得參加這種活動啊？老實說，我不覺得我有機會參加什麼宴會耶。」

維克用鼻子哼了一聲。

不是在嗤笑什麼，只是隨興地笑。

「因為比起什麼都不會，會點什麼才能找到更多樂子啊……別擔心，今天活動參加的都是自己人，不會有人嫌你們不懂禮數的。」

充斥著女孩們興奮笑鬧聲的休息室裡，有個角落放了好幾面用來替全身上下做最後確認的穿衣鏡；蕾娜在其中一面鏡子前看看鏡中的自己。

她剛剛穿好禮服，請人家幫她做了髮型，妝也都化好了。髮型、化妝與服裝都跟平時軍服打扮不同的自己，從鏡中回看著她。

這是為了今天訂做的，全新的晚禮服。

派遣至聯合王國時維克贈送她的禮服雖然漂亮，但是她不打算再穿了。至少在辛的面前不會再穿。

當時，她還沒有那種自覺。

其實她那時已經心知肚明，但還沒有勇氣承認。

所以那時她可以佯裝不知，照穿不誤。

現在不同了。

所以她已經——不會再套上那件禮服。

蕾娜稍稍張開雙臂，在鏡子前轉一圈看看。裙襬雖然不會飛揚，但也不到會顯露腿部線條的程度，輕飄飄而緩慢地跟上她的動作。

這是件華美的禮服。跟泳裝一樣，是蕾娜為了這次旅行，為了今天的派對挑選的禮服。無論是布料、配色或款式都讓她煩惱了老半天，還徹底考慮到搭配的髮型或妝容，興奮雀躍地想像著穿起它的那一天。

沒錯，她一直很期待今天的派對。

自從她聽說旅行的最後一夜會舉行派對時，她就興奮得靜不下心來。煩惱該挑哪種禮服或髮型，也是一段快樂的時光。

以前，她從不喜歡什麼派對。

在共和國的家世使得她不得不出席，但她從來沒有真心想參加過。

在彷彿誇耀舊時代榮華富貴的宮殿裡，只有政治與虛榮、算計與欲望暗潮洶湧。接近她的所有人無不是看上前貴族米利傑家的資產、家世或人脈，滿口一聽就知道是場面話的空虛讚美，她還得勉為其難地回以笑容。

他們在背後嘲笑蕾娜有嚴重潔癖，不懂得交際應酬，但她就是不願意——適應那個滿是矯飾與空話的空間。

所以她很討厭那些場合。

但今天的派對不一樣。

有這麼多同伴，還有「他」在場，就讓情況如此不同。

早在出發之前，她就想像過好幾次了。想像自己穿上這件禮服，走到他面前時他會是什麼表情，又幻想著他會對自己說些什麼。

一回神才發現——自己滿腦子都是他的事。

該承認了。

坦然面對自己的心意吧。

畏縮也好不安也好——沉浸在這些情緒當中，縱容自己不去面對現實的態度也該捨棄掉了。

因為在這種戰火之中，其實應該不容許她這樣縱容自己。

蕾娜之前不敢面對的時候，有可能早就失去他了。她之前害怕失去、不願遭到拒絕而不敢承認……但如果在不敢承認的時候失去他，現在一定悔之不及。

為了不要後悔，她要……

最後蕾娜從天鵝絨盒子裡拿起做工纖細的頸鍊，戴到脖子上。

這是日前開始休假沒多久時，阿涅塔送她的生日禮物，還說參加派對的時候可以戴。自從知道這次旅行與派對的計畫後，她還一再叮嚀蕾娜不要忘記。

這是一條以橙花金雕為底，鑲嵌著許多紅色與白銀寶石的頸鍊。

如同上戰場的騎士穿起鎧甲般，她扣上了金屬扣。

蕾娜看向鏡子，點個頭。

做好覺悟吧。

我要……

舞廳。

在揉合古代到近代等各種樣式砌建而成的飯店裡，位於復古中世紀樣式會館中央的大廳就是它了。這裡過去被當成交誼廳(Salon)使用，是能夠容納大人數的大型社交空間。

完工初期的拱頂天花板如今已整片改建成形狀相同的玻璃天篷。年代古老而稍有變形卻擦得晶亮的玻璃搭配將同盟歷史化成圖案的浮雕銀花格作為支撐。在這恍如溫室或巨大鳥籠的特大蕾絲狀雕飾之上，可以看見盟約同盟的夏季星座與昏暗的夜空。

今天是新月，天空陰暗不明。

而在這天篷之下，樂團、鮮花與小點琳瑯滿目的大舞廳綻放著一個個談笑與跳舞的小圈子。

「——達斯汀。」

從少女們的休息室出來，自左右夾層延伸而出的階梯在平臺合而為一，往下走就是大廳了。看到安琪從最後一個臺階伸出修長胳臂，達斯汀呆站原地。

安琪將銀中透青的頭髮高高盤起，讓長長髮絲垂落在背後，散發有如月光又宛若冰雨的冷冽光澤。

裹身的晚禮服是初更夜色般的深沉鼠尾草藍，與銀髮及白皙肌膚相輔相成。無數皺褶如古代女神的霓裳般纖細。

在成套飾品上閃耀光彩的寶石，是內藏破曉天空般透明淡藍的天青石。此種礦石雖然美麗，但硬度低而性質易碎，很少看到像這樣切割成首飾。

她那晶瑩剔透的白皙玉手伸了過來，讓達斯汀倒抽了一口氣。

「……妳願意選我嗎，安琪？」

「我如果這時候找達斯汀以外的人當男伴，那我這女生也太惡劣了吧？」

安琪苦笑著，達斯汀怯怯地握住她的白淨玉手。

達斯汀是來自帝國的白銀種移民，白系種的貴種白銀種儘管在帝國屬於中下級，但終究還是貴族階級。他自小就受過嚴格訓練，知道如何在社交場合進退得宜，以及擔任護花使者。

明明應該是這樣，但他的動作卻生硬到連自己都不敢相信。

看到達斯汀變得像個粗製濫造的機關人偶，安琪忽然調皮地笑道：

「再說我如果不把達斯汀你抓好，你說不定又會跑去妨礙辛跟蕾娜了。」

「就說那件事很對不起了嘛……」

達斯汀的嘴角可憐兮兮地下垂。上次連後來會合的滿陽還有夏娜等人都把他狠狠削了一頓。甚至就連辛直到後天，都對達斯汀有種說不上來的冷淡。

「……是說蕾娜也就算了，我是覺得諾贊沒資格生我的氣……」

「你是指在聯合王國遇到山難那次？」

當時辛跑去壞了達斯汀的好事。而且不像達斯汀，他是故意的。

安琪突然好像想起了什麼事，扭過身子看看背部。這件禮服脖頸部位的坦露程度較低，當然也不露背。

「沒能趕上穿露背禮服呢。比基尼也是。」

回到聯邦後，安琪已經開始治療背上的傷疤，不過一個月還無法修復到不顯眼的程度。

「沒關係，還有下次。以後再穿就好。」

安琪笑了起來。

達斯汀心想，她眼中看見的一定是別人。

「你說得對，下次再穿吧。」

「我說啊。」

「怎樣啦。」

萊登一邊擔任男伴挽著女生的手臂走在派對會場裡，一邊低頭看看他的女伴。現在問這或許太晚了，不過……

「為什麼我是跟妳一組啊？」

「大概是考慮到身高搭配吧？」

西汀回得乾脆，她以女性而言個頭可說相當高大。她的身高可以跟高於男性平均之上的辛或維克相比，換言之就是比一般少年的平均個頭要來得高。

「況且我們女人在處理終端中屬於少數，沒辦法兩個女的一組。多出來的人會哭死的。」

「……也是啦，要我跟男的一組太可怕了。」

萊登用一如發言的表情說道。假如真的變成那樣，那簡直慘不忍睹。

畢竟以他的身高而言，在處理終端當中即使是少年也沒幾個人適合跟他一組……不如說因為必須是與西汀身高相等的人，所以好死不死竟然是維克或辛。

簡直噩夢一場，死都不要。

「是吧？……既然這樣，多虧有我才不用當壁草的狼人弟弟，是不是該對我有所表示啊？」

西汀依偎過來，將豐滿的胸部壓在他身上。

今天的西汀穿著淺象牙色的緞面禮服，襯托出她經過日曬的肌膚。胸前與毫無贅肉的背部都有著遊走尺度邊緣的深V，從側邊的開衩可以一窺肌肉緊實的大腿。全刺繡金紋點綴了整身禮服，一圈圈的金手鐲隨著步履叮噹作響。

西汀頂著短髮雖然無法盤起，但用光彩奪目的亮片綴飾得華麗燦爛的髮型笑著。

而且是大大咧開嘴角，笑得得意洋洋。

「如何啊？」

她那像是期待獲得讚美的表情搭配起平時不化的妝，雖然帶有年輕少女特有的可愛，但萊登毫不心動。

誰教她是西汀。

「嗯……這個嘛，算是個美女吧。」

「靠，根本毫無誠意嘛，真讓人不爽～」

西汀故意鼓起臉頰。

然後她不懂禮數地用力拍打幾下萊登的背。

帶著平常那副虛情假意、活像鱷魚的笑臉。

「你也很帥喔，萊登。我都快愛上你了。」

「多謝稱讚。」

畢竟派對當中有將近一百名處理終端，再加上葛蕾蒂、整備人員及後勤人員。女孩們的禮服色彩可謂爭奇鬥豔、花團錦簇，樂隊的演奏、說話聲與笑聲融為一體。但這些色彩、喧囂，都在那一瞬間遠離辛的身邊。

沿著從大廳夾層的休息室通往舞廳——以金色扶手綴飾暗紅色地毯的階梯，蕾娜走了下來。

她豔麗得像是一朵香氣濃烈卻又凜然難犯，潔身自愛的大紅玫瑰。

以這華美的玫瑰色為基調，黑色的蕾絲、緞帶與串珠起了畫龍點睛之效。一如鮮血女王之名，她的一身裝扮甚至讓人肅然起敬。白銀髮絲有一部分綁起，用小朵紅八重玫瑰與黑蕾絲緞帶裝飾，高貴地敞開的低胸裝搭配點綴細頸的寶石工藝橙花頸鍊。

雖不至於顯現身材線條，卻玄妙地與身體契合的禮服綢緞，隨著她走下階梯的步履反射璀璨燈光。整身禮服以銀線繡上玫瑰花紋，配合動作浮現出硬質的光亮紋路。恰似人魚的鱗片，那種以優美嗓音與美貌迷惑人心的美麗魔物。

辛幾乎是無意識地伸出了手。

蕾娜做出回應，也伸出手來。

彷彿磁鐵的異性相吸。

彷彿水往低處流。

彷彿那是極其自然、天經地義的道理。

玉雕般的纖纖葇手，恰到好處地滑進握慣了操縱桿與槍把的堅硬手掌。

就好像它們是事先如此精密設計的成對工藝品。

好讓它們緊密相合，如此便能永不分離。

傳來的體溫，是她的比自己稍低一點。還是只是自己太燙了？

配合蕾娜的步履，辛慢慢拉著執起的手幫助蕾娜下樓。兩人的呼吸默契十足，而他也認為理當如此。

蕾娜一階又一階地下來，站到與辛同樣的高度。紫羅蘭的香氣柔美地飄散。

這是蕾娜喜歡的香水味。照理來說辛應該已經聞慣了，今天卻覺得腦袋深處彷彿酩酊大醉般暈眩。

蕾娜似乎選了比穿軍服時更高的高跟鞋。視線的位置比記憶中離自己更近。

與辛四目交接時，蕾娜笑了起來。

她那銀色的眼眸……

看到那隻手伸過來，蕾娜就像理所當然般讓自己的手滑進其中。

換作平時的蕾娜這樣做，應該會在慢了一拍之後羞得心慌意亂，但此時的她一點也不在意。

因為她的視線與意識全被眼前的人奪去了。

他穿著聯邦軍特有的，大身襯敞開的扣領型鐵灰色晚宴服。極富軍人風範卻又略帶貴族氣息的設計相當適合他長年征戰，但也繼承了濃厚帝國貴族血統的精悍體格與端正容貌。

據說聯邦軍的晚宴服是除了顏色之外與帝國軍一脈相承的傳統服飾。蕾娜認真地覺得當年的設計師一定是以眼前的他為典範設計出這套服裝。

蕾娜隱約嗅到一股他平時不擦的香水味。杜松不帶甜香的沁寒清芬，彷彿讓空氣中的精神為之一振。光是這股香味就讓蕾娜感到醺然欲醉。

還是說蕾娜真正想沉醉其中的，其實是眼前獨一無二的一雙紅瞳？

血紅眼瞳，低垂注視著她。

她不禁覺得，就要被那雙眼睛勾走了魂魄。

這時……

他那血紅的，對蕾娜而言獨一無二的雙眸，倏忽睜大開來。

辛僵硬了半晌，接著用一種中計了的表情仰首望天。

平時難得改變表情的白皙面容，反常地帶些紅暈。

「……辛？」

蕾娜不解地微微偏頭……

然後忽然間發現到了。

辛穿著的聯邦軍鐵灰色晚宴服，從綴有豐厚銀線刺繡的袖口，看得見白色雙疊袖上的袖釦。

那個用來扣住袖子的飾品，不是聯邦軍本來使用的鷹羽造型。

而是鑲嵌著多顆白淨透明與清澈赤紅寶石的……橙花造型。

跟蕾娜配戴的紅白寶石工藝橙花頸鍊完全是同一種設計。

一發現到的瞬間，蕾娜也一樣忍不住仰首望天。

「阿涅塔……！」

望向天花板的臉龐在發燙。自己現在的臉頰一定紅到不行。

原來是這麼回事啊。

她之所以會挑中訂做首飾這種以贈送友人來說不太恰當的禮物……

又不厭其煩地叮嚀蕾娜參加派對時一定要戴，是因為……

「蕾娜這個，也是麗塔送的？」

「辛也是……？我就知道！」

「我這個是之前她送我的生日禮物。說是如果有機會參加派對，需要穿禮服或晚宴服的話可以戴。」

包括辛在內，很多八六都遺忘了自己的家人、故鄉甚至是生日。根據共和國國軍本部隱藏的人事紀錄，有不少相關資料已經重見天日，當然也更新到了聯邦軍的人事資料裡。附帶一提，由於當事人沒有一個感興趣，連跑一趟做個確認都不肯，事務人員不耐煩了，有一天就用寄通知的方式硬是告知了他們。

所以蕾娜在那天也送了一件小禮物（接著兩個月後，蕾娜也收到了辛贈送的生日禮物），卻萬萬沒想到阿涅塔從那時候就在打鬼主意了。

而且還是這種誰看到都會知道的惡作劇。

事實上好像已經有幾個人發現了，蕾娜環顧四周，看到一群少年少女一面偷笑，一面匆匆別開目光裝作不知情。

蕾娜面紅耳赤地呻吟，對著不在身旁的朋友說：

「真是……！妳這玩笑開得太大了啦，阿涅塔……！」

「哈啾！」

「怎麼，感冒了嗎，潘洛斯？還是說有人在講妳的閒話？」

雖然只限今天，但好歹總是舞伴。面對急忙轉向一邊打了個可愛噴嚏的阿涅塔，維克無動於衷地說道。

作為對八六們的示範，現在有經驗的人正在跳一支華爾滋。配合快節奏的三拍子，阿涅塔禮服的雪紡裙襬與點綴頭髮的玫瑰緞帶輕柔地飄舞。雪紡、玫瑰與緞帶統一為色調不同的纈草紫，只加一點淡雅溫柔的貴橄欖石作為反差色。

雖然他個性有點……不，其實是非常瘋狂，但畢竟不愧是王子殿下。引導的動作不動聲色地自然而巧妙，即使是這幾年來偷懶沒上社交與舞蹈課的阿涅塔，到目前為止也都跳得順暢自在。

不過姑且不論這點，阿涅塔不禁苦笑。

自己與維克的香水味互相交雜，不知為何讓她有點不悅。

維克是王族，而且還是北方大國聯合王國的王子。使用的香水從原料到配方，必定都是頂級水準。而自己的香水也並不廉價。雖然是出自不同調香師之手，但第一流調香師使用的配方自然是以與其他香氣融合為前提，兩者之間不可能互相衝突。

「沒什麼。只不過是某兩個遲鈍到爆的傢伙，總算察覺到我的支援砲火了。」

阿涅塔回話時刻意不看那兩個遲鈍到爆的傢伙，但維克趁著踩舞步的空檔，竟然還特地轉頭去確認。

「原來如此？就我猜想，妳應該是送了什麼成套的東西給他們吧？而且是瞞著某兩個遲鈍的傢伙。」

「我跟他們說是生日禮物，分別送了同一種款式的頸鍊與袖釦。然後他們竟然到現在這一刻才發現，真不知道該怎麼說他們。」

前兩天才過生日的蕾娜也就算了，辛的生日是五月，所以是在上次聯合王國作戰前送他的，到今天為止隨便算也有兩個月的時間。看來這段期間內辛從未察覺到阿涅塔的企圖，可見現在的辛對她有多不感興趣，或者該說不抱半點特殊感情的程度明顯到過分的地步。

不過阿涅塔送禮的時候跟他說參加派對時一定要戴，看來他並沒有把這話當成耳邊風，所以就不跟他計較了。

在維克繼續望著的遠處，兩個當事人不知怎地僵在那裡。

當然阿涅塔想看的就是這個反應，但只不過是配戴同種款式的飾品就這樣，阿涅塔不禁覺得「你們也未免太純情了吧」。

維克將視線轉回來，用一種城府極深的他少有的，似乎是由衷感到同情的語氣說了⋯⋯

「妳也真是辛苦了呢。」

阿涅塔感慨良深地點頭。雖然別人也就算了，被這個毒蛇王子同情讓她很火大⋯⋯

「就是啊。」

兩人對閨密或者是兒時玩伴的惡作劇豈止是一肚子的不滿，根本已經化做滿口的怨言，但沒講多久。

很快地蕾娜就發現一件事，有點開始生悶氣。

他剛才……

又叫阿涅塔為麗塔了。

「……明年的生日，不，今年的聖誕祭，我也送你袖釦好了。就配合辛眼睛的顏色，送火焰石榴石的。」

「怎麼忽然提這個？」

「沒什麼。」

蕾娜從一臉疑惑的辛身上別開目光，把臉扭到一邊不理他。

她感覺得到自己幼稚的行徑讓辛困惑不解，但她實在不好意思說出不高興的理由。

總不能說「我不要你戴其他女生送你的東西」吧。

蕾娜繼續把臉朝向旁邊，臉再次紅了起來。

自己果然，是喜歡著辛的。

即使沒有那種意思，即使是自己的閨密阿涅塔送他的東西，蕾娜仍然不希望他身上有其他女生的氣息。

這樣想雖然對為了推他們一把、替他們加油才送這禮物的阿涅塔過意不去，但不喜歡的事情就是不喜歡。

蕾娜不想把他讓給別人。

誰都不行。

然而辛是第一機甲群的總戰隊長，蕾娜是作戰指揮官。就算說是圈內人的聚會，還是不能老是跟對方待在一起。兩人聊了一下後，很快就得暫時分開。

……其實本來應該把第一首曲子跳完的，但蕾娜怕一旦那樣做，就會再也放不開那隻手。

「妳願意與我共舞一曲嗎，米利傑上校？」

「好的，奧利維亞上尉。」

奧利維亞穿著盟約同盟的黑色晚宴服，用與眼瞳同色的藍寶石髮夾將黑色長髮綁成高馬尾。中性的容顏配上這種髮型，呈現出奇特的異國風情。

而如今看起來，他只是多少比較溫文爾雅，雖然相貌偏中性，但怎麼看都是男性不會錯。

自己也真是的，到底是被逼急到了什麼程度？蕾娜有點嫌棄起自己。對方將自己這個十幾歲的可疑上校當成長官抱持敬意，還努力早日與辛或其他處理終端打成一片，自己卻那樣誤會他。

奧利維亞執起她的手伴裝輕輕親吻手背；不只盟約同盟，大陸南方的各國都遵循此種禮儀。一瞬間從眼角看到辛顯得不大高興，蕾娜的反應是慌張，奧利維亞則是暗自覺得年輕人很可愛。真是些反應明顯好懂，還不懂得如何隱藏內心想法的孩子。

聽說他們是在第八十六區的絕命戰場飽受磨練，也因此被削去了人性的戰鬥狂。

聽說她是為了護國而壓榨八六，冷酷、冷血而滿手鮮血的女王。

奧利維亞只聽到傳聞，就以為他們是怪物組成的部隊……他悄悄以這樣的自己為恥。

他們既不是怪物，也不是英雄。在這裡的不過是一群多少心靈失衡，但青澀而令人喜愛的，十幾歲的孩子罷了。

在繞圈跳舞的人群另一頭，指揮者高舉指揮棒往下一指。

下一首曲子開始。

「……可蕾娜不跟辛跳舞沒關係嗎？」

「嗯。」

試試就會發現，華爾滋三拍子的節奏其實不難配合。

賽歐按照在學校剛學過的方式，一面踏著有點越跳越起勁的舞步，一面向舞伴問道。王子殿下說的確實沒錯，什麼都會總是不吃虧。

可蕾娜點頭的樣子好像看得很開，卻又好像在鑽牛角尖，帶有某種固執的性子。

「聽說在這種場合，換舞伴很正常喔。實際上妳看，蕾娜現在也在跟奧利維亞上尉跳舞，辛在……咦，辛怎麼跟芙蕾德利嘉跳起來了……？」

「不用了啦……因為這裡，不是我該待在辛身邊的地方。」

賽歐覺得她沒必要這樣說，因為她看起來明明就很可愛。

賽歐還不是很懂女生的衣服，但可蕾娜的禮服、飾品、雖然短但綁得漂漂亮亮的頭髮，以及平時幾乎不化的妝都很好看。

可蕾娜穿著呈現明亮的金絲雀黃，設計成從肩膀下面到胸口好像綁起了寬緞帶的可愛禮服。裙子做得略蓬，每次轉身都會輕柔且惹人憐愛地搖晃著。別在腰後的金色薄紗搭配同色的纖細高跟鞋。

因此，只有在落栗色頭髮縫隙間搖曳的，看就知道恩斯特絕對反對過的步槍子彈造型銀色耳墜，即使看在不熟悉禮服或女性飾品的賽歐眼裡，仍然覺得相當突兀。

「所以不用了。」

「喏，辛耶。在『正式上場』前余幫汝整個檢查一番，汝就好好引導余吧。」

「……身高差這麼多，實在很難跳耶。」

「汝這笨蛋說什麼傻話呀。聽好了，在這種宴會當中，男士是絕不能讓淑女丟臉的。首先汝得將這點銘記在心才行。」

如果要說這個，芙蕾德利嘉根本還不到能稱為淑女的年紀吧？辛雖這麼想，但他再粗神經也不會說出口。

——俯首就縛時因為還是個幼童，所以撿回了一命。

因為是小孩，所以目前還能不受重視。

雖然只是傀儡，但芙蕾德利嘉終究是滅亡的齊亞德帝國過去的國主，是隨時可能引發政變的災厄種子。尤其是聯邦雖然已經於歷經革命後轉為民主制，但為了應對眼前的「軍團」威脅，不得不讓昔日的大貴族保有權力。

瑟琳提供的情資將會賦予她高出以往的價值，讓辛直到現在都不知該如何下決定。他知道回國之後必須向恩斯特報告此事，也覺得應該告訴芙蕾德利嘉本人，但他無法確定這樣做對不對，又或是只要這樣做就行了。

辛對聯邦與自己的了解，都還沒深到能做這個判斷。

芙蕾德利嘉愣愣地微微偏頭。

血紅的眼眸。

由於自己也擁有相同的色彩，辛常常會忘記——這種齊亞德皇室特有的漆黑與殷紅互相交雜的色彩在聯邦極其少見。

「怎麼了？」

「……沒有。」

現在待在這裡，不該去想那件事。辛輕輕搖頭，試著把這個想法趕出腦海。

芙蕾德利嘉用鼻子哼了一聲，顯得既擔心，又有一絲絲怒氣。

「余不知道汝有何心事，不過汝應當先追求汝自身的心願。更何況就今宵這一晚，沒人能對汝說長道短的。」

辛微微苦笑了一下。芙蕾德利嘉的異能只能看見過去或現在的光景，並不能聽見當時的聲音。所以她不可能知道瑟琳說了些什麼，但她卻……

「妳說得對……抱歉。」

芙蕾德利嘉的事情，今後一定得仔細思考。

不過今晚，只有今晚就放下吧。今晚一定要……

「西汀，那個，這樣未免……」

「又不會怎樣，就今晚而已嘛。既然說是研修，那大家都是自己人啊。況且我聽說最近有些地方不會管這麼多了。」

不太被傳統舞會禮儀接受的同性組合，讓接受過傳統禮儀教育的蕾娜皺起眉頭；至於西汀則是毫不介意。蕾娜擔任女士，西汀擔任男士跳起了慢華爾滋。

西汀自然合宜的引導方式讓蕾娜心想：她是不是男士與女士兩邊的舞步都練了？軍官在社會上地位不低，必須要懂得相應的教養及禮儀規範。所以特軍軍官的必修課程當然會包括禮儀以及其中的社交舞，但現在是戰爭時期。無論是禮儀或教養都容易延後授課，而且只能占用最小限度的時間。

蕾娜希望她是覺得有趣，或是想享受樂趣而練習的。希望她願意試著享受新事物。

引導蕾娜的西汀眼睛雖然朝向前進方向，但也不忘留意周遭情形，沒有看著蕾娜。

那雙濃藍與雪白的異色眼眸顯得心平靜氣。

只有塗上口紅的嘴唇略為動了一下。

「蕾娜。」

突如其來的呼喚讓蕾娜眨眨眼抬頭看她。

不是「女王陛下」。蕾娜感覺好久沒聽到西汀叫她的名字了。因為她無論是在只以知覺同步相連之時還是大規模攻勢之後的並肩奮戰，都總是促狹地稱呼蕾娜為女王陛下。

西汀注視著遙遠的某處，不看蕾娜。

「別擔心。今天的妳美得像個奇蹟。」

「……你沒事就趕快回去啊，維蘭。」

「哎，順便嘛。我好歹也是個前帝國貴族，在八六們的禮儀規範教育上，應該會是個稱職的人選。」

既然名義上是禮儀研修，當然需要一位講師或是模範。但作為大家模範的葛蕾蒂與維蘭這對組合之間的氣氛卻僵到極點。

葛蕾蒂用一面拉開勉強不至於失禮的距離，一面踏出慢華爾滋完美舞步的絕妙方式表現她的排斥；維蘭參謀長也早已習慣，連苦笑都沒有。身穿夜空般黑絲絨藍色串珠晚禮服的葛蕾蒂，與身材高䠷勻稱穿起鐵灰色晚宴服的參謀長站在一起，儼然是一對令葛蕾蒂無奈的俊男美女。

「從下一首曲子開始，我就會去盡我的職責教那些小女生舞步了……妳會吃醋嗎？」

「一點也不。」

葛蕾蒂也打算等會兒要盡量幫男生們檢查舞步。

「不過，好吧，還是跟你道個謝……謝謝你讓那些孩子們來這裡玩。」

聽她這麼說，參謀長罕見地露出始料未及的表情。

「……妳不用跟我道謝，反正這就跟做不在場證明沒兩樣——只要有證據顯示我們盡力了，這樣之後無論發生什麼事，聯邦都不用負責。」

縱然有一天，某些原因使得聯邦與國民將八六視為異己加以排斥；或是八六到頭來還是無法習慣和平日子，成了擾亂治安的存在……

即使發生那種事，只要聯邦過去曾經盡力教育他們，有表現出那種樣子就能找藉口。可以讓各國或國民認為捨棄他們也是莫可奈何。

終究不過是保險起見罷了。就連選上盟約同盟這個外國作為休假旅行地點都是如此。

「那也沒關係，因為你並不是只用一張『證據』就解決這事，而是真的盡了力……那些孩子一定會記在心裡的。」

參謀長短促地用鼻子哼了一聲，好像在說「無聊」。

「……我就討厭妳這種動不動就為情所困的愚昧個性。」

「呵呵。」葛蕾蒂抬頭看著他的側臉微笑。

「我倒是只喜歡你這種冷酷，但不是無意義地殘忍的地方喔。」

蕾娜與幾名少年，以及同樣盛裝打扮卻說自己不是主角而想推拖的整備人員們跳過舞，在擺滿小點的餐桌旁繞繞以找機會跟平時不太常說到話的人聊兩句，在對方生澀的邀請下微笑做出回應再跳一支華爾滋。

她盡到作戰指揮官的職責一次又一次地這麼做，不知不覺間派對已漸入佳境。

悠揚的華爾滋舞曲結束，蕾娜行過一禮，與神情反常地緊張的整備人員葛倫分開。

她高跟鞋的鞋跟踏出清響，正要轉身時睜大了雙眼。一縷深幽香韻飄進了鼻腔。

一種清冽澄澈的杜松芬芳。

那種深冬降雪時，在冰凍早晨凜冽挺立的針葉樹。

她轉身一看，隨即與位置比自己高半個頭的血紅雙眸對上目光。他似乎之前也沒發現，映照著蕾娜的那雙眼睛睜大了起來。

「……辛。」

「蕾娜。」

在有些愣怔的他背後，似乎正好與蕾娜相同，剛剛才行過一禮告別的夏娜瞥了她一眼後聳聳肩轉身離去。她有著沙漠褐種混血的焦茶色肌膚、黑色長髮與淡藍色的眼睛。暗緋紅搭配同色系但稍為明亮的朱紅花紋，緊貼身形的異國風情禮服微微飄動。

看著她的背影，蕾娜明白到她是一邊跳華爾滋，一邊假裝任由辛引導，其實是一點一點地將辛誘導到了蕾娜的身旁。

明白到阿涅塔也是，西汀也是，夏娜也是；每個人都在不動聲色地幫助蕾娜。

辛想必也跟蕾娜一樣，繞過了會場每個角落。

而且在這種場合當中，男性不能讓女性落單，有義務上前攀談邀舞。話雖如此，但一些特別年輕的少年不免會有點退縮，因此身為總隊長的辛當華爾滋舞伴的時間一定比蕾娜更長。

即使如此，他的姿勢與呼吸卻沒有一絲紊亂。

兩人互相注視，彷彿一顆心被偷走般呆站原地，就這樣不知道過了多久。

直到下一首曲子的前奏開始，兩人才回過神來。

辛先露出了做好心理準備的表情。

「妳願意與我共舞一曲嗎，蕾娜？」

「好、好的。」

蕾娜反射性地回應伸向自己的手。他的手掌又大又硬。蕾娜行過一禮，有些手忙腳亂地擺好姿勢後，那隻手繞到了她穿著禮服的腰上；他的攙扶讓蕾娜心跳加速。

兩人跟上三拍子的起始，踏出第一步。

隨著旋律，兩人緩緩起舞。宛如大型水鳥鼓動牠優雅的羽翼。

辛的引導方式意外地巧妙，蕾娜感覺自己好像成了初夏薰風中的一片花瓣。除了能夠將一切託付給他的自在與幸福，也感受到彷彿稍稍受人擺布的不安。

無意間蕾娜想起舞蹈老師們嘟噥過辛學得太快，教起來很沒成就感。

雖然只是在學校上課惡補的成果，但辛畢竟是在戰場上存活至今天的八六之一，運動神經自然不可能差，要記住並重現不怎麼複雜的舞步，對他來說想必不難。而除了音樂之外還要配合舞伴的步調或速度，對他們這些長年以縝密的聯手行動與「軍團」對峙的戰士來說肯定並非難事。

反倒是蕾娜現在的腳步很不穩定。蕾娜出身於共和國的名門，也認真學過華爾滋以及其他舞蹈的舞步，照理來講不可能跳不好。

但不知怎地，跟八六其他少年、維克、馬塞爾或奧利維亞跳舞時的自然動作就是跳不出來。她有點跟不上原本的節奏，急著想調整過來，卻差點被自己的腳絆到。

但這不能怪她，都是因為心臟跳動得太激烈害得她腦中好像光線閃爍，兩腳卻恰恰相反，輕飄飄的鎮定不下來。

蕾娜怕自己的心跳這麼大聲會被辛聽見，偷看了一下比自己高半個頭的容顏。她不敢與辛四目交接，害怕一旦目光對上，自己的這種心情會被他看穿，難為情得不敢把整個頭抬起來。用眼睛餘光勉強看到的白皙面龐一如平素，但帶有某種真摯的靜謐。

「…………」

自己心臟這樣狂跳不止，卻幸福得快死掉了；然而相較之下……

蕾娜覺得好不公平，帶著滿臉紅霞偷偷噘起嘴唇。

蕾娜在與其說是眼前，不如說在臂彎裡的近距離內無聲無息地噘嘴，但辛卻沒注意到。因為他光是顧著踩踏記憶中不到一個月前學過的舞步，就已經忙不過來了。

雖說都是自己人，但辛是第一次不是在學校授課，而是在真正的派對上跳舞；即使如此，今天他從來沒有過這種狀況。從最初共舞的芙蕾德利嘉到一副別有用心的表情來邀舞的夏娜，辛跟不少人跳過舞，但都能夠心無旁騖地正常踩舞步。

明明原本是這樣的，他現在卻得拚命回想舞步，否則就不知道下個動作是什麼。

辛由衷希望緊張過度而呼出的一口氣沒被蕾娜聽見。太丟臉了。還有恐怕會從相疊的手掌傳達給對方，自心臟透過血管響徹全身上下，幾乎像是在耳邊響起的急促心跳也是。

舞伴本來應該互相關照，但辛沒多餘的精神去看蕾娜的臉。他怕一看可能就會無法動彈，不敢看。

不過蕾娜是共和國的名門出身，想必有過豐富的派對或跳舞經驗，絕不可能現在還跟他一樣緊張。

雖然辛完全不怨也不恨蕾娜……但只有這件事，辛覺得不大公平。

即使如此，隨著樂曲優雅地進行，兩人漸漸拋開過度注意對方而造成的羞赧、虛榮與緊張。曲子結束。按照規範兩人必須行禮分開，離開跳舞的行列或是找下一位舞伴。然而雙方即使已經行禮，卻仍然沒放手。

他們捨不得放開。

也感覺到對方的眼神在說：我不想放手。

經過了用來尋找華爾滋的舞伴，或是離開舞池的短暫時間……

兩隻手依然牽著，第二首曲子就這麼開始。

在舞廳牆邊的角落，蕾爾赫如影子般待命。

在派對會場絕不可能佩刀，因此她卸下了軍刀，但仍穿著平時那套胭脂軍服，盤起的金髮也並不特別華美。侍者好幾次到她身邊詢問要不要飲料，但她鄭重地婉拒了那每一個玻璃杯。

會場的牆邊擺了幾張椅子，供跳舞跳累的人坐著休息。看到芙蕾德利嘉坐在其中一張椅子上，蕾爾赫踩著繩紋花樣的木頭地板走到她身邊。

「您累了嗎，小公主？下官為您拿飲料來如何？」

「不了，不用費心。余本來是不能到此種社交場合的。」

芙蕾德利嘉在禮服底下，一邊搖晃著有點搆不到地板的腳一邊說。參與社交場合需要達到一定的年齡，芙蕾德利嘉還沒到那個年齡，本來是不能參加這種派對的。

芙蕾德利嘉穿著彷彿八重玫瑰倒放的及膝蓬裙，銀色蕾絲緞帶點綴了她淡綠絲綢的禮服，未盤起的頭髮則以同一種緞帶裝飾；每一樣衣飾雖然都凸顯了她的小巧玲瓏，但其實都是因為芙蕾德利嘉還是個孩子，所以才能做這樣的打扮。

「汝不跳舞嗎？」

「……下官是個粗人，不適合。」

雖然蕾爾赫的人造大腦中記錄了從基本華爾滋到現今少有人跳的傳統小步舞曲舞步，但她認為這不代表她會跳舞。那些都只是檔案罷了。

既不是經驗，更不是回憶。

「余是在問汝，汝不介意連一支曲子都沒跟汝的主子跳嗎？只要舞伴引導得宜，跟著跳就成了。」

「哦，您是『看』見了什麼嗎？」

「不是從汝身上看的，是汝的主子。」

她有些內疚地說「當那人心意太重時，余即使不想看也會看見」。

「那人其實……應該在盼著汝吧。近衛的確是主子的劍與盾，但——主子可不單單只是把近衛視為刀劍或盾牌哪。」

「…………」

或許是如此。

假如，真是如此的話……

「那……下官就傷腦筋了。」

面對抬頭望著自己的紅瞳，她聳了聳肩。

「因為下官不過是仿造下官的原型人物身姿的棺柩罷了。與墓碑或棺柩跳舞的——只能是死者。」

所以，她絕不會握住還活著的維克的手。

以免一不小心，將他拖進已死的自己這邊。

在樂曲進行、結束又開始進行的反覆過程當中。

刻意做出的姿勢維持著凜然的優雅，自然地放鬆。就好像意識融為一體那樣，不知為何，她能夠預測對方的動作。

辛與蕾娜原本配合華爾滋節奏踩踏的舞步，一回神才發現，都早已轉為配合對方的節奏。平靜無風的兩顆心臟以同樣的速度跳動。

兩人陶醉在這種幸福當中。那是一種彷彿兩人其實是單一個體的滿足感與全能感。

感覺這一刻，自己似乎無所不知。

蕾娜抬起頭來，理所當然地與辛四目相接。兩人不約而同地自然流露出幸福的笑靨。

今後也是，假如……

假如不知道該如何追求未來。

假如開始害怕前進。

即使其中一人因為某些原因心生畏懼、受到傷害、困惑而裹足不前。

如果真的無論如何都再也無法前進——屆時，就互相幫助。

像這樣，牽著對方的手。

他們沒有說出口。

但不知為何，他們都知道心意傳達到了。

縱然那是須臾之間的幻覺般感應，一旦音樂與圓舞結束就會虛幻消失，一點也不留下，他們仍然覺得這一刻心意確實傳達到了，能了解對方的心。

隔著時代悠久的玻璃，以水汪汪的夏季星輝為伴奏；用來自大窗戶外露臺的沁涼晚風與入夜的鮮花甜香打拍子。

星辰的光輝讓蕾娜發現夜已深。再演奏幾首曲子，最後聽完致詞大概就散場了。

等結束之後就說吧。

不，不行。那樣不行，不是那樣的。

趁結束之前開口吧。

一旦派對結束，她將從美夢中醒轉。平常那個懦弱又膽怯，只是故作堅強的自己又會回來。

所以要趁鐘聲響起前，趁銀色禮服消失前……趁玻璃鞋還沒脫落前開口。

宴會、音樂與舞蹈是種魔法。它們能讓人心情飛揚——會給人勇氣，展現出平常那些藏在面子或自保之下的真正心情。

「辛……晚點，那個……」

即使如此，說出這一句話仍需要極大的勇氣。

她的聲音小得像蚊子叫。

「我有事，想跟你說…………呀！」

然後可能是因為跳舞跳到一半分心的關係，蕾娜話講到一半時，包鞋的鞋跟不慎勾到了磨亮的木頭地板的少許接縫。

蕾娜的身體猛地一沉，變得整個人依偎在趕緊抱住她的辛胸前。

彷彿意識與心跳融為一體的魔法時刻漸漸融化。雙方的心臟開始打起不同的節拍。

幾乎變成了相擁姿勢的兩人，直接接收到了這種與自己不同的悸動。也感受到那再次開始狂跳不休，證實了雙方內心如何蕩漾的心音。

辛感覺臂彎裡的身子纖柔輕盈，用力緊抱可能就要斷了。

蕾娜依偎的身軀比想像中更健壯，讓她確切感受到這是男人的身體。

一產生這種意識的瞬間，對異性毫無半點抵抗力的蕾娜頓時腦部充血，滿臉通紅。

「蕾娜！」

周遭仍然充斥著華爾滋的舞姿與音樂。辛雖然降低了音量，但能清楚聽出他的驚慌。

蕾娜頭暈目眩，得抓住攙扶她的手臂才站得住。身體變得很燙，覺得好像快要爆炸了。

正巧待在附近，正巧兩人一組的萊登與芙蕾德利嘉說了：

「畢竟你們跳舞跳了很久嘛，她應該是頭暈了吧。」

「不妨讓她上露臺去呼吸點新鮮空氣如何？辛耶，汝就帶她去吧。」

辛一邊照顧著蕾娜一邊離開舞廳，兩人目送他們離去後，又再度嘆氣。

真是的。

「啊，辛總算把蕾娜帶出去啦？」

「那兩個人連對自己的事都很遲鈍呢……在這樣眾目睽睽之下，辛跟蕾娜恐怕都沒那個膽表白吧。」

賽歐與阿涅塔過來了，萊登揚起一邊眉毛。這番話說得沒錯，不過……

「真難得看你們倆一組。」

「沒有啊，舞伴換著換著就剩我跟她落單嘛。」

「況且今天這種日子當壁花就太沒趣了。」

「可蕾娜在幹嘛？」

賽歐與阿涅塔一齊看向一處，只見約在舞廳的中央位置，可蕾娜不知怎地跟西汀跳起了舞。

「…………大概同是傷心人吧。」

「別說了，芙蕾德利嘉。」

「咦！這麼說來西汀也是了？經你們這麼一說，她的確是常常為了蕾娜的事找辛的碴……」

「啊，妳沒發現啊？那在第八十六區並不稀奇喔。應該說我們是來到聯邦之後，才知道那不是一般現象呢。」

「……這、這樣啊……」

阿涅塔總覺得好驚訝。

與舞廳以雙開玻璃大門相通的石造露臺，本身的空間也大到可以辦場小聚會。磨亮的淺灰石材在星影淡光下顯得蒼白，儘管正值盛夏，高海拔地區的山岳國度仍吹著徜徉高原的清涼夜風。爬藤玫瑰造型的露臺鐵欄杆上，零星纏繞綻放著許多小朵白花，飄散出甜蜜的芬芳。

露臺的功用本來就是供客人冷卻跳舞發燙的身體或醒酒。這裡放了幾張彷彿以金屬藤蔓編織而成的精緻工藝長椅，辛讓蕾娜在其中一張坐下。

從露臺可以將鄰接飯店的湖泊盡收眼底，讓視野被夜空與湖面一分為二。據說那個湖泊有融雪水流入，即使現在正值夏季也冰涼到無法游泳。由於自山頂萬年積雪之上吹來的風會橫渡湖面，使得湖水永保沁寒。

這裡也有一位侍者等待吩咐，一手端著放了冷飲的托盤走來；辛接過兩個玻璃杯，將其中一個遞給蕾娜。香檳杯裡裝著冒出纖細氣泡，從香味可聞出酒精含量極低的蘋果酒，並撒上了清爽的薄荷。

蕾娜一兩口就把冰涼的飲料喝乾，徐緩地呼了口氣。

「……對不起，我好多了。」

蕾娜心想，自己還是第一次出這種糗。

她雖然討厭派對，但也習慣了。誰知道竟然會這樣。

而且誰不好挑，偏偏挑在辛面前。

「我想妳是有點累了。雖說是休假，但玩樂也是很耗體力的。」

「或許這也是原因之一，不過……」

更主要的是……

因為，你在我身邊。

我想在你的面前表現地盡善盡美。

這使我過度緊張。

噢，對了。

「對不起。」

「這次是為了什麼道歉？」

「那個……你應該還想跟其他人說說話什麼的吧，結果都在陪我。」

「喔。」

辛回話回得好像不太重視這個問題，把自己那杯飲料一口氣喝乾。

「無所謂。說是派對，但反正今天的活動都是同個部隊的自己人，以後多得是機會說話。」

蕾娜一時之間，沒能立刻聽出他話語中斷時，聲調的微妙變化與稍微停頓的空檔。

中年的侍者長年在這家飯店服務而擅長解讀客人心意，反應靈敏地察覺到了這些變化。

侍者像影子般上前接過兩人手中的玻璃杯，繼而再次像影子般後退，貼心地離開了露臺。

「……因為今天，我其實只想跟妳在一起。」

「咦……」

一抬起頭的瞬間。

從露臺遠方的湖面上……

在徐徐微風下平靜如鏡的水面，有某個光點在漣漪的影子中閃了一下——那不是影子，是船。是幾艘小舟的剪影。

一種東西拖著光尾升向天邊，吹出「嗶」一聲哨子般的風切聲。

過一會兒，在沒有月影的陰暗夜空中，火焰大花發出「咚」的一聲盛開了。

蕾娜抬頭仰望著，彷彿受到吸引般站起來。

這是……

「——煙火……」

在這一刻，色彩的繽紛亂舞將玻璃天篷染成全白。

火焰光輪在天邊爆開，那陣強光讓大家停止跳舞。慢了一點之後是響徹四下，微微震撼五臟六腑，但比起八六們聽慣了的火砲震耳欲聾的巨響，卻極其輕微的黑火藥爆炸聲。

彷彿星星小塊小塊地碎裂，彷彿星星的碎片灑落，火星閃爍著飄下。焰色反應在新月之夜綻放的七色火焰，是多麼的華麗又虛幻。

只有樂音熱熱鬧鬧地在靜默無語的舞廳中裊繞不斷。

在所有人仰望的視線前方，飛向高空的火焰花朵兩次、三次地綻放。

有人喃喃說了：

「……煙火？」

以此為開端，現場爆發一陣熱烈的歡呼聲。

「是煙火耶！」

「好久沒看到了。應該說……」

「差不多有十年了吧？哇啊……！」

在遠處的階梯，有個人影站到了左右階梯會合的舞臺狀平臺上。

那人有著盟約同盟人特有的，削去贅肉的頑強健碩體格。穿著紅色外套民族服裝的此人，原來是這家飯店的經理。

確定視線都聚集到自己身上後，飯店經理用戲謔的舉動行了一禮，旋即挺直彎曲的身體，高聲說道：

「齊亞德聯邦，第八六機動打擊群的各位八六！」

站在別說百人，容納兩倍人數都不成問題的舞廳前方，他不用麥克風就能讓聲音無遠弗屆。

那是自古以來運用山岳地帶稀少草地飼養山羊的牧羊人們為了與對面山頭的夥伴交談，而訓練出來的嘹亮嗓音。

「很高興各位在第八十六區倖免於難，蒞臨我們山地人民的國度，龍王沉眠的靈峰山麓。在這快樂宴席的尾聲，由本飯店獻上最誠摯的心意——請各位盡情欣賞！」

在拍響大氣、染紅天球，繼續綻放的煙火下，樂團開始演奏新的一首熱鬧又盛大的進行曲。

在歡呼笑鬧的同伴們之中，萊登、賽歐與可蕾娜只是靜靜地仰望煙火。

「……煙火啊。是啊，好久沒看到了。」

「上次也剛好就是這個時期，對吧？……已經兩年了呢。總覺得好像是更久以前的事。」

「那時人數還沒這麼少，對吧？不是只有我們五個。」

兩年前，說的是他們還在第八十六區東部戰線第一戰區時的事情。

當時為了故意讓他們送死而召集的先鋒戰隊，已有一半以上如同共和國的盤算死在戰場上。那時候他們以為到了夏天結束，再過一個多月剩下的所有人也都會戰死——雖然還沒告訴蕾娜，但他們早已全都有所覺悟。

那份覺悟、得不到充足休息的疲勞，以及因為沒有意義所以在無意識之下扼殺的憤恨與對死亡的恐懼，只有在那一晚得以遺忘。

他們還記得，在遭到棄置的足球場廢墟、沒有人工光源的陰暗夜空，看到了不知久違多少年的戰場煙火。

現在想想其實沒什麼大不了，但那比起任何絢麗奢華、將整片天空染成彩色的煙火，都要來得更可貴。

那時在同一個地方看過同一場煙火的人，包括處理終端與整備人員在內，就只剩下這會場裡的五人。即使是待在同個戰區而或許正好也看到了的，當時第一戰區第二戰隊到第四戰隊的戰隊隊員也不知道現在還有幾人存活，還是說全都戰死，一個也不剩了？

那時，他們不覺得這有什麼奇怪。

這是因為那時候，他們還……

可蕾娜說道，語氣感慨萬千。

「那時我們還以為……那就是大家的最後一次了呢。」

在透過舊玻璃天篷而稍有變形的大朵煙火之下，安琪仰望著那色彩的繽紛亂舞，動也不動。

「……上次……」

達斯汀走到茫然佇立的她身旁，聽到這個低語聲而將視線轉向她。那是一種說不上是對他說話或是自言自語的寂寞的聲調。

「上次，看煙火時……戴亞，已經不在了。」

「…………」

「達斯汀……對不起，我現在還沒辦法像喜歡戴亞那樣喜歡你。以後能不能我也不知道。但是，求求你……」

火焰之花即使能一時驅散夜晚的黑暗，卻無法像白天那樣明亮，瞬間綻放後只能虛幻地凋零。安琪仰望著它說。

她的話語也同樣地虛幻易逝，彷彿絕不可能照亮世間黑暗的祈禱。

「不要走。求求你，今後繼續好好活下去。」

「……好。」

他原本以為八六很習慣面對人的死亡。

在夏綠特市地下鐵總站，看到辛無動於衷地低頭看著腦部解剖標本的側臉；看到他們面對堆積如山的幾萬具腐屍，仍幾乎沒表現出動搖之情……

看到自大規模攻勢以來長達兩個月並肩作戰的他們——即使身旁同袍被炸飛仍然繼續戰鬥的，宛若人型兵器的那種生命樣貌……

他以為他們已經習以為常，不在乎了。

怎麼可能不在乎。

正是因為不可能不在乎——只不過是明明在乎，但戰友卻接二連三地，令人無法承受地接連死去，為了讓自己不用繼續受苦，所以除了冰凍內心之外別無他法罷了。

達斯汀希望這層冰可以融解。

也希望自己，不要害得她再次冰凍內心。

「我答應妳。我——絕不會丟下妳一個人死去。」

†

識別名稱「火眼」——更正，名為辛的八六少年兵似乎另有要事，今天沒來訪問。

瑟琳即將配合他們的歸隊被送回聯邦的設施，此時再次被收進運輸貨櫃之中。她置身於徹底防止她進行通訊的金屬牆圍成的無光、無音的黑暗中。

她在高機動型身上暗藏給人類的傳言是一場賭注。

而且還是贏面極低的賭注。不可能有人能擊毀高機動型，就算真的擊敗了它，也不可能抵達待在聯合王國「軍團」支配區域深處的她身邊；縱然真見到了她，也不可能是個值得託付情資的對象。能打倒高機動型的一定是個軍人。那些人的職責就是作為國家的利劍，為了祖國而犧牲某些人事物。

一旦得到對「軍團」的命令權限，恐怕幾乎所有人都——不會用來阻止「軍團」，而是把它們變成戕害他國的凶刀。

與辛交談時，起初她以為這場賭注果然是她輸了。

辛是聯邦軍人，而且偏偏還是諾贊——勇冠帝國軍的征滅者之末裔。是以殺人為榮譽的血統繼承者之一。

最重要的是，他在與自己交談時——即使與「軍團」對峙仍不曾表現出半點敵意或憎惡，而是一種幾乎無異於狂人的沉著。

如果連家人或同胞遭到殺害都還恨不了對方，就表示這個人連家人或同胞都愛不了。如果對殘忍無情的行徑不感到憤慨，就表示他是個坐視殘忍行徑的人。她不可能將自己的心願託付給這種人。

結果並非如此。

瑟琳在銀色的黑暗中心想，幸好不是如此。

『你看到了嗎，無貌者？——我想你應該沒看到吧。你不會再為了我採取行動了，因為沒有任何必要將我搶回去。』

我名叫軍團，因為我們為數眾多。

「軍團」的特性就是能由支配區域深處的自動工廠型無限量產，替換品要多少有多少。

其實包括瑟琳在內——縱使是指揮官機，也同樣可以替換。

再過不久，反聯合王國戰線的指揮官機就會有其他「牧羊人」來補缺。什麼都不會改變。「軍團」就是能夠以多欺少，踐踏壓潰戰術上的些許拙劣。少了一個瑟琳，對「軍團」本隊不會造成任何影響。

所以無貌者，以及包括他在內的「軍團」統括網路指揮官機，早已對自己不屑一顧了。它們會比照小兵們毀壞時的方式刪除自己的登錄資料——然後永遠不會察覺到自己的企圖。

『無貌者……不對——……』

瑟琳無聲地低喃了他還是人類時的名字。

瑟琳知道那個名字。

當時幾乎所有「軍團」在中央處理系統壽命結束前都還有時間，但為了解決遲早到來的壽命問題，它們從那時候就已經開始著手摸索替代方案。那時用來替代的其中一份屍體腦部構造複製品就是無貌者。

瑟琳那時已經待在反聯合王國的戰線，既沒直接看過他戰死的遺體，也不是由她動手解剖，但作為統括網路的指揮官機，她從反共和國戰線收到了報告。所以瑟琳知道他的名字。

也知道他自己似乎已經遺忘了的——他的容貌。

也知道曾經不過是一個試作品的無貌者如今獲選為統括網路指揮官機之一的理由。

『我要阻止你……阻止「漸漸已經變得連『軍團』都不是的你」。』

在蕾娜仰望天空的白銀眼眸中，留下最後的群星輝耀……於夜空中洩下一片光之瀑布後，煙火結束了。

殘響飄遠，逐漸消失在黑夜裡。五顏六色的火星一邊閃耀光彩，一邊化為餘燼墜落。

仰望著那片光景，讓蕾娜不可思議地產生了些許哀傷的心情。

那是在祭典結束時特有的，彷彿為消逝的季節送行，彷彿遙想漸漸失去的某些事物所帶來的寂寥與酸楚。

如同為再也不會來臨的一刻送行。

「可能又沒機會看到革命祭的煙火了。」

她感覺到身邊的人輕輕瞥了她一眼。

雖然感覺到了，但蕾娜沒有以視線回應，而是陷入沉思。

革命祭。共和國在八月盛夏的祭典。

在都市飽受光害的天空中，誰也不會看什麼煙火——即使如此，他們仍約好一起欣賞。

那是兩年前，革命祭的夜晚——當時蕾娜並不知道，一個月之後辛他們先鋒戰隊就會被迫踏上決死之行。

在同一片天空下，連對方的長相都不知道。

「雖然革命祭本身才剛要開始，但我們接下來可能得忙著做訓練，以及練熟『狂怒戎兵』的使用方式……你聽說過下次派遣的預定計畫了嗎？」

「嗯，下次應該是北方的沿岸諸國。說是『軍團』據點的位置很棘手，第二與第三群無從進攻，要暫時撤退。」

沿岸諸國是位於聯邦北方、聯合王國東方的小型城邦。據說面對「軍團」的威脅，他們跨越國家的藩籬團結起來對抗外敵；而機動打擊群目前的作戰部隊於一個月前就屯駐於當地。

他們受任進行重點壓制以擊潰包圍網，但卻在因此現形的敵軍據點陷入始料未及的苦戰，最後不得不重新檢討作戰計畫。

「共和國應該……會為了維持威信而舉辦革命祭，但恐怕沒那餘力籌備煙火。那裡的發電設施與自動工廠都重新建設到一半，而且聽說北部領土的收復作戰也因為『牧羊犬』太多而窒礙難行。」

不只是共和國，哪裡都一樣。

所以機動打擊群才會出於職責，被投入各地難以實行的作戰。在聯合王國，他們必須於雪中突破重圍，並強襲壓制沒有任何地圖的敵軍據點。目前負責作戰的第二、第三機甲群雖然勉強成功，但也是被迫在北部沿岸諸國的戰場上突破重圍，只消走錯一步就可能全軍覆沒。

今年的革命祭一定是去不成了。

就算去了也沒煙火可看。

明年不曉得有沒有。煙火也是，革命祭也是——共和國也是。

自己，以及辛……人類能不能活到明年還是未知數——……

一旦開始產生悲觀念頭，這種思維就會在腦中打轉，占據腦海。蕾娜覺得這樣不行，咬住塗上淡色口紅的嘴唇，搖頭趕走這種思維。

不會發生那種事的。因為他們說好了。說好要去看革命祭的煙火，說好等戰爭結束後要去看海。

所以在那之前，自己與辛都不能死，別人也是。

就在她哀求般地如此思考的瞬間，仰望著火星墜落的辛開口了：

「既然這樣……」

演奏完進行曲之後，樂團再次開始演奏華爾滋。

這是一首速度和緩的慢華爾滋。是一種適合為宴會收場，彷彿邀人進入安穩的夢鄉，彷彿惋惜喧囂的餘韻，讓人有些心痛的旋律。

從時間來看，這應該是最後一首了。是在這個國家、這一夜的最後一首。

彷彿被這份哀痛推了一把，辛開口說話。

不用急著說，話語就自然地脫口而出。

彷彿積雪融化，變成滋潤原野的河流般。

純屬自然。

「既然這樣，那就等下次的機會——明年的革命祭再去看吧。明年不行，還有下次。等到可以舉行節慶時，總有一天……」

兩年前，在那煙火之夜。
那時辛明知不可能實現，仍回應了蕾娜的邀請。
因為知道不能實現，所以對蕾娜想與他共同欣賞的心願，他沒有給予明確的答覆。
甚至不是真心想看。
現在不同了。
「因為現在——這已經不是無法實現的願望了。」
辛超越原本注定一死的命運，活了下來。
而且她讓辛知道，他可以活下來。
也讓辛知道他可以有所追求——追求未來。
是眼前的她讓辛知道的。
她幫助過辛無數次，一次又一次地拯救了他。
而且有些時候，一定連辛都沒察覺。
辛的視線離開天空，轉向了她；辛什麼都沒說，那雙白銀的眼眸卻像受到吸引般回望他，與他四目相接。
他像是思慕難捨般，呼喚了她的名字。
「——蕾娜。」

「等到可以舉行節慶時，總有一天……因為現在——這已經不是無法實現的願望了。」

蕾娜受到吸引般回望，與認識以來最真摯的血紅雙眸四目相接。

那種深沉讓蕾娜心跳漏了一拍。

盤旋腦海的不安或恐懼像是一場幻覺般漸漸消失。

只要你這麼說，那一定會實現。無論乍看之下有多不可能，必定都會奇蹟般地實現。

蕾娜由衷這麼認為。

彷彿星光在夜裡閃爍。

彷彿百花在春天綻放。

就跟那些現象一樣，蕾娜由衷相信必定如此，如同天經地義的真理。

她自然而然地吸了一口氣。

蕾娜無意識地舉起雙手，在胸前緊握。

要說就趁現在。要傳達心意——除了此時此刻沒有更好的機會。

告訴他：我喜歡你。

等戰爭結束後，能夠放煙火慶祝革命祭的時候；到時候，請你跟我一起去看煙火。

雖然不知道得等到何時，但我還是想與你一起。如果可以，願能永遠與你一起。

她想說出這些話，才剛開口時……

「——蕾娜。」

他的呼喚讓蕾娜把話吞回去。她倒抽一口冷氣，呼吸就此暫停。

不知為何，她知道辛將要說出很特別的話。

忽然間，蕾娜突如其來地感到害怕。

她不敢聽。辛接下來要說的，將會是決定性的一番話。

這些話將會破壞掉他們至今的關係，破壞掉他們雖然總是笨拙地互相誤解，但卻奇特地自在舒適的曖昧關係。

這些話將會破壞那種關係，並將它改變成另一種關係。

或者也有可能只是破壞，而無法催生出任何新的關係。

變化與破壞，是不可逆的過程。

一旦聽到就無法回到從前。她不敢聽。

那是一種讓人渾身發冷的恐懼。

可是。

不聽不行。

不聽不行。

因為，辛一定比她更害怕。主動做出改變，說不定可能造成無法修復的破壞，卻仍踏出一步試著改變的辛，比只是等待的蕾娜要更害怕。

況且如果不聽，蕾娜一定會更後悔。

蕾娜在胸前緊緊合握雙手。她倒抽一口氣，就這樣忘了呼吸，抿緊嘴唇等著他。

繼而，辛說了：

「我——很慶幸能遇見妳。」

告白的聲音當中，蘊藏著千言萬語。

湧起的感情沒有單純到能賦予其名稱，所以辛直接用聲音表達出來。他將那份感情化為言語，集聚於這一句話上。

他雖然覺得這還不足以表達心意，但恐怕再怎麼找也找不到能完全表達己意的話語。所以他只能用不足的話語來表達，這讓他既焦急又不放心。

「要不是有妳在，兩年前我在第一戰區誅殺了哥哥後，一定會認為已經戰鬥到底，就那樣接受死亡。打倒了電磁加速砲型後，我一定已經失去了戰鬥的理由。在龍牙大山的熔岩湖，我也不會覺得非得回來不可。一直以來都是妳救了我。」

辛發誓將並肩奮戰並先一步死去的戰友，帶到自己的終點——所以，他成了被所有人拋下的存在。只有自己的記憶無法託付給任何人，本來只能由他自己背負著逝去。

當辛認為可以託付給「她」的時候——那的確成了無可取代的救贖。

自從兩年前，在第八十六區開始，當時連長相都不認識的她已成了辛的支柱。

一年前，在火照之花盛開的原野，一路追來的她所說的話讓辛獲得了戰鬥的理由。

一個月前，在雪山戰場，她接受了辛唯一期望的未來。

「因為有妳在——我開始覺得，自己可以活下去。」

蕾娜感覺到自己熱淚盈眶。

是呀。

是呀——辛。

我也是。

因為遇見你，我現在才會在這裡。

你讓我得知了「黑羊」與「牧羊人」的祕密，而得以為大規模攻勢做防備。得以知道我們逼迫你們背負的，我自以為很清楚其實根本視若無睹的世界的冷酷。得以知道自己有多醜陋。

不只如此，你還讓我看到了值得追隨的背影、讓我希望能共度困境的人。

「因為有妳在，我才能逃離第八十六區。」

因為有你在，我才能夠不再是白豬。

是你讓我——讓現在的我得到生命。你的話語成為我明確的一部分，在我的體內呼吸。

所以……

是你改變了我，賦予了我生命。

是你。

「我喜歡妳。」

這句話流暢無礙地化為聲音，讓辛由衷感到安心。

這就是他想傳達的話語，是他認為必須傳達的話語。如果到這時候連這句話都說不出來，那麼話語也就不具意義。

辛好幾次得到她的拯救。

這渺小的話語……足以回報她的心意嗎？

就連這樣的心願，她都會願意回應嗎？

一想到這些就讓他害怕得頭暈目眩──但他還是說了。

「我想帶妳看海……想與妳一起看海，一起看那些沒看過的事物，看那些在戰爭封鎖下看不到的事物。我想與妳，看見同一片景色。」

這話……

也就是說……

「我想待在妳的身邊，想與妳共度人生。如果可以──希望永遠如此。」

蕾娜什麼都沒說，只是大大睜著她那銀色眼眸。

她無法以話語表達，無法以言語形容她的感情。

我也是。

我也希望能永遠……

跟你在一起，跟你一起走。

走到你的結局，走到我的終點。

不是背負著記憶與名字，不是讓你背負著我的記憶與真心。

而是與你……

共度人生。

蕾娜欣喜若狂。不是因為辛喜歡她，也不是因為辛願意向她表白。

而是兩人懷抱著相同的感情，令她欣喜若狂。

所以……

她必須回應。

她必須回應。

她必須回應。

要比光速更快。

彷彿受到這份情感的驅策，她還來不及說話或思考，身體已先動了起來。

因為，用講的太慢了。

用話語一定不足以表達。

比起「這麼」做，話語一定連幾分之一的心意都傳達不成。

雙方之間，只有連一步都不到的短短距離。蕾娜踏進那段距離，讓它歸零。「咦……」辛睜大雙眼，蕾娜伸手抓住他的肩膀不讓他逃走，踮起了腳尖。

約有半顆頭的身高差距，由於今天蕾娜穿了較高的高跟鞋而縮短許多。對著那個位置比平時要近的嘴唇……

她輕啄般地，吻了它。

# 後記

男生軍服就是正義！大家好，我是安里アサト。

我認為如果戰鬥女子的正義是駕駛服，那麼戰鬥男子的正義就是軍服。反正就是帥，而且撩人。像是緊實肌肉配上西裝外套的勤務服，或是緊實肌肉配上戰鬥服。還有日曬痕跡，實在有夠撩人……更正，是真的很帥氣。

所以這次的故事算是不動聲色來了個軍服大放送。只可惜應該是不會變成插圖，不過這也無可奈何……

言歸正傳。

謝謝大家一直以來的支持！為各位獻上《86—不存在的戰區—》第七集〈—Mist—〉。

這可以算是盟約同盟篇嗎……好像沒讓盟約同盟活躍到可以這樣說。以作品裡的時間軸而言，是聯合王國篇的一個月後，辛等人到專校上課兼休假的一個月結束後的故事。

……上學時的故事？我也想看（想寫）。

啊，順便一提，這次的後記爆雷爆很大，所以建議先看後記的讀者暫時看到這兩頁就好。

按照慣例進入注釋或是類似的什麼部分。

・第一章的那個

從I can fly開始的那個眾所期盼的場面，雖然目前這樣就滿長的了，但其實初稿足足有四十頁。角色都在亂開玩笑，結果讓篇幅硬是變得落落長……

應該說第五集、第六集都是越來越厚，於是我跟責編討論說第七集要反省一下，以跟第二集差不多的頁數為目標，結果寫好一看又是落落長……

・新角色

名字直到最後一刻都還在變來變去，本來以為寫的是奧立弗，寫到一半卻變成了奧利維亞，然後又弄錯姓氏，在名字上辛苦了老半天。順便一提，這個角色是在第三集稍微出現一下下的貝兒・埃癸斯中將的內孫，目前有點怕這個身為女中豪傑的奶奶。

接下來請小心爆雷。是的。

不 許 說 根 本 標 題 騙 人 。

不是啊，總比取個副標題叫做「86—湯煙旅情篇—」來得好吧。是在寫現代PARO嗎？不過有溫泉有逛街約會，有男子枕頭戰（團體賽），有試膽有煙火，學校旅行PARO該有的都有了。女子枕頭戰？後來應該有打吧。

啊，順便一提，Mist＝溫泉湯煙。如果覺得掰得很硬，那是心理作用。

就這樣，送上沒有戰鬥、全篇輕鬆的一集。這樣真的沒關係嗎？我好擔心。

話說回來，差不多從第四集開始我就聽到人家說「妳寫作風格變了呢，是越寫越上手了吧」，但其實第四集開頭或這次的第七集才是我原本的寫作方式。

第一～三集或第五、六集的寫作方式當然也是我自己的寫法，寫起來也很自在，但是連續寫七集就……有點維持不住嚴肅模式……

最後進入謝詞的部分。

責任編輯清瀨氏、土屋氏，這次又讓兩位陪我跨越地獄了，真對不起。扉頁插畫請務必採用泳裝女生！泳裝女生！

しらび老師，又是泳裝又是便服又是禮服又是晚宴服的，我想這次是系列開始以來插畫方面最辛苦的一集，但我卻是邊寫邊期待。真對不起，謝謝老師。

I—Ⅳ老師，這次又對您做了無理要求……已經弄得越來越像是驚奇軍武展覽會了，但我想我應該還會再玩下去……

吉原老師，漫畫版第二集發售了呢！雷終於在連載中登場……對過世的哥哥懷抱複雜感情的辛露出的笑臉真讓我不寒而慄。

然後是賞光買下本書的各位讀者，謝謝大家一直以來的支持。雖然辛與蕾娜總是每前進一步就迷失方向、退縮不前或滑跤，煩惱東煩惱西的，但這次總算有點進展了……我是這麼認為的，各位讀者覺得呢？下集將會恢復成平常風格的《86》，嫌這次戰鬥太少不過癮的讀者敬請期待！

那麼，願本書能暫時將您帶往卿卿我我、大放閃光到真想叫他們去爆炸的兩人身邊。

後記執筆中ＢＧＭ：EYES ON ME - featured in Final Fantasy Ⅷ（Faye Wong）

後面還有一段情節，不嫌棄的話請繼續欣賞～

嘴唇相疊的時間，以體感而言久遠得有如永恆，但實際上大概連一個呼吸的時間都不到。

那是在雙唇相接的甜美溫度下，如痴如醉的一刻。

身體分開後，雙方的呼氣細柔地溜入嘴唇縫隙。宛如合而為一的體溫與心跳一分為二，帶來奇妙的寂寥。

據說，人類在過去……

兩個人，原本是一個人。

人類觸怒了天神，以至於被一分為二，變成了兩個人。據說從此以後，人人都在尋找自己的另一半。

或許因為如此，嘴唇相疊、心靈契合才會是一種幸福。

才會即使只是片刻分離，都如此教人寂寞——

遇到這意想不到的一招，辛瞠目結舌，僵住不動。

蕾娜抬頭看著他，只是心想：

你竟然……

露出這種從平時的你無從想像的呆愣表情，紅著臉渾身僵硬。

蕾娜無意取笑他。

她只是對辛產生了無限憐愛。

為了先走一步的其他人，為了將它視為驕傲戰鬥到底，他忍受著種種痛苦，武裝自己、佯裝平靜；曾幾何時，他變得再也脫不掉那身鎧甲，好像那才是他的本來面貌。

其實就像這樣，他不過是個尚未長大成人的少年罷了。

所以鎧甲下偶爾才能一窺的真實面貌，比什麼都讓蕾娜憐愛。

彷彿受到這種憐愛之情驅策，蕾娜放在他肩膀上的手貼到了臉頰上。她踮起腳尖，想再吻他一次……

倏然間，她恢復了理智。

剛才，

自己，

做了什麼？

彷彿在耳畔響起的怦咚心跳聲，以及連自己都感覺得到的滾燙臉頰……

還有遺留在唇上的，甜蜜觸感……

「…………………！」

彷彿燙到了手一樣，她鬆開一雙玉手。事實上從手掌感覺到的辛的體溫，即使與原本就比蕾娜高的平常體溫相比，仍然燙上許多。

她用那隻手按住了自己的嘴唇。

她剛剛才自己吻上去的嘴唇。

可是，但是我還沒……

我本來要說喜歡他的。

結果辛先說了喜歡我。

我……

都還沒傳達我的心意就——……！

一發現自己衝太快的瞬間，蕾娜陷入了有生以來最大的恐慌。

弄錯了。

她必須先說「我也喜歡你」才對。結果因為辛先表達了與她相同的心情，她好高興，好幸福，感動到快飛上了天。受到心中湧起的一股衝動……或者可說是慾望的情感推動下，她還沒回答就先吻了辛。

這……因為還沒有回答的話，就還不是所謂的……戀人關係。

但我卻這麼……

不檢點。

眼前原本愣怔的赤紅眼瞳眨了眨，讓蕾娜回過神來。眨了一下之後，那雙眼瞳重新映照出蕾娜的模樣。

他的嘴唇動了動。

蕾娜看出他要說些什麼了，害得她更加慌張失措。

她在腦袋一片空白下隨口亂講：

「啊，啊，不是，不是這樣的，那個……」

什麼不是這樣，就連蕾娜也不知道。

「那個……」

蕾娜反射性地想道歉，但發現這樣會被誤解，急忙吞回去。吞是吞回去了，但卻想不到什麼其他得體的話可講。

甚至沒想到她大可以現在告訴辛「我也喜歡你」。

「晚、晚安，祝你有個好夢！」

結果蕾娜只能嚷嚷著笨頭笨腦的蠢話，宛如脫兔般飛也似的逃離現場。

彷彿魔法解除的灰姑娘那樣，一隻脫落的銀色高跟鞋掉落在繁星照耀的蒼白石板地上。

「……………………………所以，現在是…………？」

徒留辛一個人面對蕾娜的言行不一，同樣也滿腦子混亂成一團。

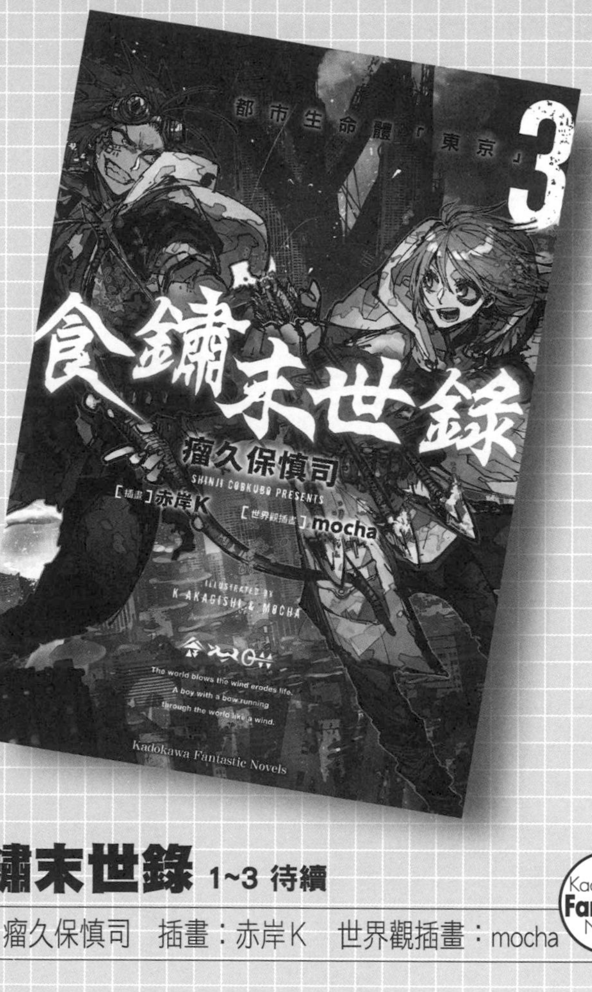


## 食鏽末世錄 1~3 待續

Kadokawa Fantastic Novels

作者：瘤久保慎司　插畫：赤岸K　世界觀插畫：mocha

**面對想將世界倒轉回過去的阿波羅，**
**混血搭檔是否能贏過他拯救全世界!?**

畢斯可等人在蕈菇守護者之鄉遭遇襲擊，自稱阿波羅的襲擊者操縱機器人將所有的東西都變成了「都市大樓」。日本各地發生的「都市化現象」使人民身陷地獄，於這般慘況下，能拯救現代的王牌竟是赤星畢斯可？在這變動的時代，他們選擇的結局是——？

各 **NT$240~280/HK$80~93**

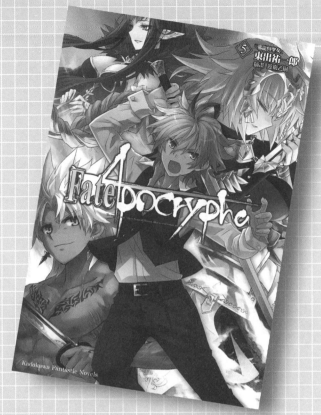

## Hello,Hello and Hello 1~2（完）

Kadokawa Fantastic Novels

作者：葉月 文　插畫：ぶーた

**「我們在最後的瞬間，向彼此許了相同的願望：『來見我，呼喚我的名字。』因為——」**

大學生活即將步入尾聲的某個春日，我向一名陌生少年搭話。他那莫名認真急切的側臉，讓我想起了以前的自己。伴隨著新的邂逅，我持續朝明天邁進。帶著曾經失去的「願望」，尋找像幸那樣笑著的「某人」……Hello,Hello and Hello眾所期待的續集登場！

各 **NT$200~250/HK$67~82**

# 從零開始的魔法書 1~11（完）

Kadokawa Fantastic Novels

作者：虎走かける　插畫：しずまよしのり

**這世上既有「魔術」也有「魔法」，**
**還有一個墮獸人與魔女共存的村莊——**

克服了在北方祭壇遭遇的難關，傭兵與零回到本已化作廢村的故鄉。他如願開了一間酒館，並與成為占卜師的零還有志願前來的村民們一起復興村莊——不只零與傭兵的新生活點滴，還特別收錄了三篇稀有短篇。系列作特別篇在此登場！

各 **NT$180~240/HK$55~75**

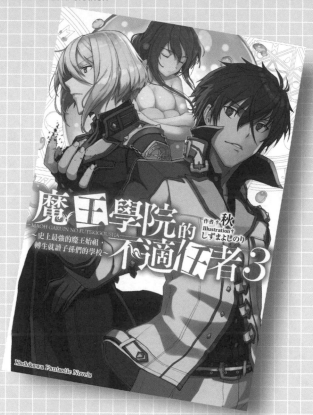

# 重裝武器 1~14 待續

Kadokawa Fantastic Novels

作者：鎌池和馬　插畫：凪良

**超級重度虐待狂當長官已經是普遍性的事實！**
**這次的近未來動作故事一樣要讓主角過得慘兮兮！**

「情報同盟」的巡洋戰艦在海濱沙灘上擱淺了。庫溫瑟等人基於國際公約的各種麻煩要求被迫展開救難行動，他們奉命在神童計畫「馬汀尼系列」中的一人，芮絲·馬汀尼·維莫特斯普雷的指揮下與敵國「情報同盟」最新式戰車隊展開合同作戰！

各 **NT$220~320/HK$73~100**

# 賭博師從不祈禱 1~4 待續

作者：周藤蓮　插畫：ニリツ

Kadokawa Fantastic Novels

**第二十三屆電擊小說大賞「金賞」得獎作品第四局！**
**看似幸福的日常中，潛藏著揮之不去的一抹陰影——**

結束巴斯的長期滯留，拉撒祿等人總算回到倫敦。然而，得到莉拉這個必須守護的重要存在，拉撒祿身為賭博師的無情心靈也因而變得破綻橫生。遭到黑社會大人物和警察組織盯上，同時與過去的戀人芙蘭雪所結下的梁子，將拉撒祿推入了毀滅的末路……

各 **NT$220~260/HK$73~82**

## 七魔劍支配天下 1 待續

Kadokawa Fantastic Novels

作者：宇野朴人　插畫：ミユキルリア

**《天鏡的極北之星》宇野朴人新系列作！**
**2019店員最愛輕小說大賞文庫本部門第1名**

春天，名校金伯利魔法學校今年也有新生入學。他們身穿黑色長袍，將白杖與杖劍插在腰間，內心懷抱著驕傲與使命。少年奧利佛也是其中之一，只有那個在腰間插著日本刀的少女和別人不一樣——以命運的魔劍為中心展開的學園幻想故事開幕！

**NT$290/HK$97**

國家圖書館出版品預行編目(CIP)資料

86-不存在的戰區. Ep.7, Mist / 安里アサト作 ; 可倫
譯. -- 初版. -- 臺北市 : 臺灣角川, 2020.07
面 ; 公分. -- (Kadokawa fantastic novels)
譯自 : 86―エイティシックス―. Ep.7, ミスト
ISBN 978-957-743-879-9(平裝)

861.57 109006785

Kadokawa
Fantastic
Novels

# 86—不存在的戰區— Ep.7

—Mist—

（原著名：８６—エイティシックス —Ep.7 —ミスト—）


2020年7月30日　初版第1刷發行
2024年7月16日　初版第13刷發行

作　者：安里アサト
插　畫：しらび
機械設計：I－IV
日版設計：AFTERGLOW
譯　者：可倫

發行人：台灣角川股份有限公司
總　監：呂慧君
總編輯：蔡佩芬
主　編：林秀儒
編　輯：高韻涵
設計指導：陳晞叡
美術設計：莊捷寧
印　務：李明修（主任）、張加恩（主任）、張凱棋、潘尚琪

發行所：台灣角川股份有限公司
地　址：104台北市中山區松江路223號3樓
電　話：（02）2515-3000
傳　真：（02）2515-0033
網　址：www.kadokawa.com.tw
劃撥帳戶：台灣角川股份有限公司
劃撥帳號：19487412
法律顧問：有澤法律事務所
製　版：巨茂科技印刷有限公司
ISBN：978-957-743-879-9





86—EIGHTY SIX— Ep.7 —MISUTO—



Edited by 電撃文庫
First published in Japan in 2019 by KADOKAWA CORPORATION, Tokyo.
Complex Chinese translation rights arranged with KADOKAWA CORPORATION, Tokyo.